〔北宋〕秦觀 著

秦觀詩詞選

廣陵書社
中國·揚州

圖書在版編目（CIP）數據

秦觀詩詞選 /（北宋）秦觀著. -- 揚州 : 廣陵書社,
2019.1（2020.8重印）
（經典國學讀本）
ISBN 978-7-5554-1168-0

Ⅰ. ①秦… Ⅱ. ①秦… Ⅲ. ①宋詞－選集 Ⅳ.
①I222.844

中國版本圖書館CIP數據核字(2018)第288221號

書　　名 秦觀詩詞選
著　　者 〔北宋〕秦觀
責任編輯 方慧君
出 版 人 曾學文
裝幀設計 鴻儒文軒

出版發行 廣陵書社
揚州市維揚路 349 號　郵編:225009
(0514) 85228081(總編辦)　85228088(發行部)
http://www.yzglpub.com　E-mail:yzglss@163.com
印　　刷 三河市華東印刷有限公司

開　　本 880 毫米 × 1230 毫米　1/32
印　　張 6.125
字　　數 70 千字
版　　次 2019 年 1 月第 1 版
印　　次 2020 年 8 月第 2 次印刷
書　　號 ISBN 978-7-5554-1168-0
定　　價 35.00 圓

編輯説明

自上世紀九十年代始，我社陸續編輯出版一套綫裝本中華傳統文化普及讀物，名爲《文華叢書》。編者孜孜矻矻，兀兀窮年，歷經二十載，聚爲上百種，集腋成裘，蔚爲可觀。叢書以内容經典、形式古雅、編校精審，深受讀者歡迎，不少品種已不斷重印，常銷常新。

國學經典，百讀不厭，其中藴含的生活情趣、生命哲理、人生智慧，以及家國情懷、歷史經驗、宇宙真諦，令人回味無窮，啓迪至深。爲了方便讀者閲讀國學原典，更廣泛地普及傳統文化，特于《文華叢書》基礎上，重加編輯，推出《經典國學讀本》叢書。

本叢書甄選國學之基本典籍，萃精華于一編。以内容言，所選均爲家喻户曉的經典名著，涵蓋經史子集，包羅詩詞文賦、小品蒙書，琳琅滿目；以篇幅言，每種規模不大，或數種彙于一書，便于誦讀；以形式言，採用傳統版式，字大文簡，讀來令人賞心悦目；以編輯言，力求精擇良善版本，細加校勘，注重精讀原文，偶作簡明小注，或酌配古典版畫，體現編輯的匠心。

當下國學典籍的出版方興未艾，品質參差不齊。希望這套我社經年打造的品牌叢書，能爲讀者朋友閱讀經典提供真正的精善讀本。

廣陵書社編輯部

二〇一七年十二月

出版説明

秦觀（一〇四九—一一〇〇），字少游，一字太虚，號淮海居士，别號邗溝居士，江蘇高郵人。北宋著名文學家，宋詞婉約派代表人物。曾任秘書省正字，兼國史院編修官。秦觀早期居家讀書，入仕後因政治上傾向于舊黨，被目爲元祐黨人，紹聖後累遭貶謫，命運坎坷，終致遠徙嶺南，客死藤州。

秦觀才華横溢，文辭頗得蘇軾賞識，爲『蘇門四學士』之一，蘇軾稱其『有屈、宋之才』。其作品情感深厚，意境悠遠，感懷身世，情韵雅致，歷來爲人稱道。著有《淮海集》《淮海居士長短句》等。

秦觀詞名最著，成就也最高。其詞多描寫男女情愛，或抒發仕途失意的哀怨，文字工巧精細，音律諧美，俊逸淡雅，攝人心魄。馮煦稱『其淡語皆有味，淺語皆有致』（《蒿庵論詞》），樓敬思謂：『淮海詞風骨自高，如紅梅著花，能以韵勝，覺清真亦無此氣味也。』（《詞林紀事》引樓敬思語）李調元更譽稱秦詞『首首珠璣，爲宋一代詞人之冠』（《雨村詞話》）。

秦觀詩名向爲詞名所掩，然其一生所作詩文之數遠勝于詞。他的詩作轉益多師，或清新婉麗，或莊重健朗，呈現出細緻、生動之美。尤其是他的寫景紀游詩、咏物詩，語言洗煉，色彩靈動，精緻纖巧，嫻雅温婉，引人入勝。

我社此次悉心編輯《秦觀詩詞選》，以徐培均箋注《淮海居士長短句》《淮海集箋注》爲參考，收録秦觀傳世詞作一百一十首、詩作五十六首。詩詞後添加簡注，選録歷代名家詞評，從《宋詞畫譜》中選配版畫插圖，希望能够幫助讀者更好地欣賞、領略秦觀作品之情韵。

廣陵書社編輯部

二〇一八年十一月

目録

詞

望海潮（星分牛斗）……一
望海潮（秦峰蒼翠）……二
望海潮（梅英疏淡）……三
望海潮（奴如飛絮）……六
沁園春（宿靄迷空）……七
八六子（倚危亭）……八
一叢花（年時今夜見師師）……九
風流子（東風吹碧草）……一〇
夢揚州（晚雲收）……一二
雨中花（指點虛無征路）……一三
鼓笛慢（亂花叢裏曾攜手）……一四
促拍滿路花（露顆添花色）……一五
長相思（鐵甕城高）……一六
滿庭芳（山抹微雲）……一七
滿庭芳（紅蓼花繁）……一九
滿庭芳（碧水驚秋）……二〇
江城子（西城楊柳弄春柔）……二一
江城子（南來飛燕北歸鴻）……二二
江城子（棗花金釧約柔荑）……二二

滿園花（一向沉吟久）……二三
迎春樂（菖蒲葉葉知多少）……二四
水龍吟（小樓連苑橫空）……二五
鵲橋仙（纖雲弄巧）……二八
減字木蘭花（天涯舊恨）……二九
木蘭花（秋容老盡芙蓉院）……二九
菩薩蠻（蟲聲泣露驚秋枕）……三〇
畫堂春（落紅鋪徑水平池）……三二
千秋歲（水邊沙外）……三三
踏莎行（霧失樓臺）……三五
蝶戀花（曉日窺軒雙燕語）……三八
一落索（楊花終日空飛舞）……三九
醜奴兒（夜來酒醒清無夢）……三九
南鄉子（妙手寫徽真）……四〇
河傳（亂花飛絮）……四一
河傳（恨眉醉眼）……四二
浣溪沙（漠漠輕寒上小樓）……四二
浣溪沙（香靨凝羞一笑開）……四三
浣溪沙（霜縞同心翠黛連）……四三
浣溪沙（脚上鞋兒四寸羅）……四四
浣溪沙（錦帳重重捲暮霞）……四四
醉桃源（碧天如水月如眉）……四五

如夢令（門外鴉啼楊柳）…………四六
如夢令（遥夜沉沉如水）…………四八
如夢令（幽夢匆匆破後）…………四八
如夢令（樓外殘陽紅滿）…………四九
如夢令（池上春歸何處）…………四九
阮郎歸（褪花新緑漸團枝）………五〇
阮郎歸（宫腰裊裊翠鬟鬆）………五一
阮郎歸（瀟湘門外水平鋪）………五一
阮郎歸（湘天風雨破寒初）………五二
滿庭芳（北苑研膏）………………五三
滿庭芳（曉色雲開）………………五五
滿庭芳（雅燕飛觴）………………五六
桃源憶故人（玉樓深鎖薄情種）…五八
調笑令·王昭君……………………六〇
調笑令·樂昌公主…………………六一
調笑令·崔徽………………………六二
調笑令·無雙………………………六三
調笑令·灼灼………………………六四
調笑令·盼盼………………………六五
調笑令·鶯鶯………………………六六
調笑令·采蓮………………………六七
調笑令·烟中怨……………………六八

調笑令・離魂記……六九
虞美人（高城望斷塵如霧）……七〇
虞美人（碧桃天上栽和露）……七一
虞美人（行行信馬橫塘畔）……七一
搗練子（心耿耿）……七二
點絳唇（醉漾輕舟）……七四
點絳唇（月轉烏啼）……七四
品令（幸自得）……七五
品令（掉又懼）……七六
南歌子（玉漏迢迢盡）……七七
南歌子（愁鬟香雲墜）……七九
南歌子（香墨彎彎畫）……八〇
臨江仙（千里瀟湘挼藍浦）……八一
臨江仙（髻子偎人嬌不整）……八二
好事近（春路雨添花）……八三
行香子（樹繞村莊）……八四
如夢令（門外緑陰千頃）……八四
如夢令（鶯嘴啄花紅溜）……八六
生查子（眉黛遠山長）……八八
木蘭花慢（過秦淮曠望）……八九
虞美人影（碧紗影弄東風曉）……八九
醉蓬萊（見揚州獨有）……九二

御街行（銀燭生花如紅豆）……九二
浣溪沙（青杏園林煮酒香）……九三
滿江紅（越艷風流）……九五
阮郎歸（春風吹雨繞殘枝）……九六
念奴嬌（長江滾滾東流去）……九九
眼兒媚（樓上黄昏杏花寒）……一〇〇
西江月（愁黛顰成月淺）……一〇二
昭君怨（隔葉乳鴉聲軟）……一〇三
憶秦娥（暮雲碧）……一〇三
畫堂春（東風吹柳日初長）……一〇四
宴桃源（去歲迷藏花柳）……一〇六
夜游宮（何事東君又去）……一〇六
海棠春（流鶯窗外啼聲巧）……一〇七
憶秦娥（灞橋雪）……一〇九
憶秦娥（曲江花）……一一〇
憶秦娥（庾樓月）……一一〇
憶秦娥（楚臺風）……一一一
菩薩蠻（金風蔌蔌驚黄葉）……一一二
一斛珠（碧雲寥廓）……一一四
醉鄉春（唤起一聲人悄）……一一五
金明池（瓊苑金池）……一一六
青門飲（風起雲間）……一一八

南歌子（靄靄凝春態）……一二〇
南歌子（夕露沾芳草）……一二一
南歌子（樓迥迷雲日）……一二一
鷓鴣天（枝上流鶯和泪聞）……一二二

詩

寄曾逢原……一二五
司馬遷……一二六
和王通叟琵琶夢……一二七
春日雜興（十首選一）……一二八
和孫莘老題召伯斗野亭……一二九
送少章弟赴仁和主簿……一三〇
次韵奉酬丹元先生……一三一
飲酒詩（四首選一）……一三二
精思……一三三
贈女冠暢師……一三四
次韵子由題斗野亭……一三五
輦下春晴……一三五
次韵米元章齋居即事……一三六
擬郡學試東風解凍……一三六
題湯泉（二首選一）……一三八
流觴亭并次韵二首（選一）……一三九
游龍門山次程公韵……一三九

睡足軒二首（選一）……一四〇
次韵子由題平山堂……一四〇
游鑒湖……一四一
謁禹廟……一四二
中秋口號……一四三
西城宴集（二首選一）……一四四
次韵裴仲謨和何先輩（二首選一）……一四五
燕觴亭……一四七
會蓬萊閣……一四八
九月八日夜大風雨寄王定國……一四九
泗州東城晚望……一五〇
圓通院白衣閣（三首選一）……一五〇
春日（其一）……一五一
春日（其二）……一五二
秋日三首（其一）……一五三
秋日三首（其二）……一五四
秋日三首（其三）……一五五
還自廣陵（其二）……一五六
還自廣陵（其三）……一五六
還自廣陵（其四）……一五六
元日立春三絶（其一）……一五七

元日立春三絶（其二）…………一五七
元日立春三絶（其三）…………一五七
次韵蔡子駿瓊花…………一五八
三月晦日偶題…………一五八
題郴陽道中一古寺壁二絶（選一）
…………一五九
題趙團練江干晚景四絶（其二）
…………一五九
題趙團練江干晚景四絶（其四）
…………一六〇
寧浦書事六首（其一）…………一六〇
寧浦書事六首（其三）…………一六〇
荷花…………一六一
次韵公闢州宅月夜偶成（二首選一）
…………一六二
秋興九首（擬韋應物）…………一六三
秋興九首（擬杜子美）…………一六三
秋興九首（擬杜牧之）…………一六四
金山晚眺…………一六四
春詞絶句（五首選一）…………一六五
秋詞二首（其一）…………一六五
秋詞二首（其二）…………一六六

附録

宋史本傳……………………一六七
四庫全書總目淮海詞提要……一六九
總評……………………………一七一

詞

【望海潮】四首

其一

星分牛斗〔一〕，疆連淮海，揚州萬井提封。花發路香，鶯啼人起，珠簾十里東風。豪俊氣如虹。曳照春金紫，飛蓋〔二〕相從。巷入垂楊，畫橋南北翠烟中。

追思故國繁雄：有迷樓挂斗，月觀横空〔三〕。紋錦製帆，明珠濺雨，寧論爵馬魚龍！往事逐孤鴻。但亂雲流水，縈帶離宫。最好揮毫萬字，一飲拚千鍾〔四〕。

選注：

〔一〕牛斗：指牛宿與斗宿，古以揚州當二星之分野。

〔二〕飛蓋：謂急行中之車輛。

〔三〕迷樓：隋煬帝于揚州所築宫殿名。月觀：南朝宋徐湛之所築樓觀名。

〔四〕揮毫萬字，一飲拚千鍾：語出宋歐陽修《朝中措》詞：『文章太守，揮毫萬字，一飲千鍾。』

其二

秦峰蒼翠，耶溪瀟灑〔一〕，千岩萬壑争流。鴛瓦雉城，譙門畫戟〔二〕，蓬萊〔三〕燕閣三休。天際識歸舟，泛五湖〔四〕烟月，西子同游。茂草臺荒，苧蘿村冷起閑愁。　何人覽古凝眸？悵朱顔易失，翠被難留。梅市舊書，蘭亭古墨，依稀風韵生秋。狂客〔五〕鑒湖頭。有百年臺沼，終日夷猶。最好金龜〔六〕换酒，相與醉滄州。

選注：

〔一〕秦峰：即秦望山。耶溪：即若耶溪。兩者均爲會稽名勝。

〔二〕鴛瓦：即鴛鴦瓦，瓦之成偶者。譙門：古代用來瞭望敵情的城門樓。

〔三〕蓬萊：指蓬萊閣，爲會稽名勝。

〔四〕五湖：即太湖，傳説范蠡助越滅吴後，與西施泛舟五湖，隱居不仕。

〔五〕狂客：指賀知章，其晚年自號四明狂客。

〔六〕金龜：唐代官員三品以上配飾龜袋用金飾，稱金龜。

其三

梅英疏淡，冰澌溶泄，東風暗换年華。金谷〔一〕俊游，銅駝巷陌，新晴細履平沙。長記誤隨車，正絮翻蝶舞，芳思交加。柳下桃蹊，亂分春色到人家。西園〔二〕夜飲鳴笳。有華燈礙月，飛蓋妨花。蘭苑未空，行人漸老，重來是事堪嗟。烟暝酒旗斜。但倚樓極目，時見栖鴉。無奈歸心，暗隨流水到天涯。

選注：

〔一〕金谷：故址在今河南洛陽，西晋石崇于此築園，歡宴賓客，世稱金谷園。

〔二〕西園：指汴京王詵之花園。

彙評：

明·李攀龍《草堂詩餘隽》卷四眉批：借桃花綴梅花，風光百媚。停杯騁望，有無限歸思隱約言先。

清·陳廷焯《白雨齋詞話》卷一：少游詞最深厚，最沉着，如『柳下桃蹊，亂分春色到人家』，思路幽絶，其妙令人不能思議。較『郴江幸自繞郴山，爲誰流下瀟湘去』之語，尤爲入妙。

其四

奴如飛絮，郎如流水，相沾便肯相隨。微月户庭，殘燈簾幕，匆匆共惜佳期。纔話暫分携。早抱人嬌咽，雙泪紅垂。畫舸難停，翠幃輕別兩依依。

別來怎表相思。有分香帕子，合數松兒。紅粉脆痕，青箋嫩約，丁寧莫遣人知。成病也因誰？更自言秋杪，親去無疑。但恐生時注著，合有分于飛〔一〕。

選注：

〔一〕于飛：比翼而飛，喻夫婦好合。

彙評：

明·徐渭評點：尋常淺語，自是生情。

【沁園春】

宿靄迷空，膩雲籠日，晝景漸長。正蘭皋泥潤，誰家燕喜，蜜脾香少，觸處蜂忙。盡日無人簾幕挂，更風遞游絲時過墻。微雨後，有桃愁杏怨，紅泪淋浪。風流寸心易感，但依依佇立，回盡柔腸。念小奩瑶鑒，重匀絳蠟，玉籠金斗，時熨沉香。柳下相將游冶處，便回首、青樓成异鄉。相憶事，縱蠻箋〔一〕萬叠，難寫微茫。

選注：

〔一〕蠻箋：即蜀箋，産于益州，謂有深紅、粉紅等十色。

彙評：

明·沈際飛《草堂詩餘》別集卷四：委委佗佗，條條秩秩，未免有情難讀，讀難厭。

【八六子】

倚危亭，恨如芳草，萋萋刬盡還生〔一〕。念柳外青驄別後，水邊紅袂分時，愴然暗驚。無端天與娉婷。夜月一簾幽夢，春風十里柔情。怎奈向、歡娱漸隨流水，素弦聲斷，翠綃香減；那堪片片飛花弄晚，濛濛殘雨籠晴。正銷凝，黄鸝又啼數聲。

選注：

〔一〕危：高。刬：同鏟。

彙評：

宋·洪邁《容齋四筆》卷十三：秦少游《八六子》詞云：『片片飛花弄晚，濛濛殘雨籠晴。正銷凝，黄鸝又啼數聲。』語句清峭，爲名流推激。

《草堂詩餘》正集卷三：恨如刬草還生，愁如春絮相接。言愁，愁不可斷；言恨，恨不可已。

《草堂詩餘雋》卷四眉批：別後分時，憶來情多。花弄晚，雨籠晴，又是一番景色一番愁。

評：全篇句句寫個怨意，句句未曾露個怨字，正是『詩可以怨』。

【一叢花】

年時今夜見師師〔一〕，雙頰酒紅滋。疏簾半捲微燈外，露華上、烟裊涼颸。簪髻亂抛，偎人不起，彈泪唱新詞。佳期。誰料久參差？愁緒暗縈絲。想應妙舞清歌罷，又還對秋色嗟咨。惟有畫樓，當時明月，兩處照相思。

選注：

〔一〕師師：即李師師，當時京城名妓。

【風流子】

東風吹碧草，年華換，行客老滄洲。見梅吐舊英，柳搖新綠；惱人春色，還上枝頭。寸心亂，北隨雲黯黯，東逐水悠悠。斜日半山，暝烟兩岸；數聲橫笛，一葉扁舟。　青門同攜手，前歡記，渾似夢裏揚州。誰念斷腸南陌，回首西樓。算天長地久，有時有盡；奈何綿綿，此恨難休。擬待倩人説與，生怕人愁。

彙評：

《草堂詩餘雋》卷一眉批：人倚闌干，夜不能寐。時有盡，恨無休，自爾展轉百出。

評：觸景傷懷，言言新巧，不涉人間蹊徑。

清·黃蓼園《蓼園詞選》：此必少游被謫後念京中舊友而作，托于懷所歡之辭也。情致濃深，聲調清越，回環雒誦，真能奕奕動人者矣。

【夢揚州】

晚雲收。正柳塘、烟雨初休。燕子未歸，惻惻輕寒如秋。小欄外、東風軟，透繡幃、花蜜香稠。江南遠，人何處？鷓鴣啼破春愁。長記曾陪燕游。酬妙舞清歌，麗錦纏頭。殢酒〔一〕爲花，十載因誰淹留？醉鞭拂面歸來晚，望翠樓、簾捲金鈎。佳會阻，離情正亂，頻夢揚州。

選注：

〔一〕殢酒：沉湎于酒。殢（音剔）：困擾。

彙評：

清·萬樹《詞律》卷十四：如此丰度，豈非大家杰作！乃爲傖父讀錯注錯，可嘆哉！『燕子』至『香稠』，與後『殢酒』至『金鈎』同。『燕子』『殢酒』，俱用去上，妙絕。

【雨中花】

指點虚無征路，醉乘班虬，遠訪西極。正天風吹落，滿空寒白。玉女明星〔一〕迎笑，何苦自淹塵域？正火輪〔二〕飛上，霧捲烟開，洞觀金碧。重重觀閣，横枕鰲峰，水面倒銜蒼石。隨處有、奇香幽火，杳然難測。好是蟠桃熟後，阿環〔三〕偷報消息。任青天碧海，一枝難遇，占取春色。

選注：

〔一〕玉女、明星：傳説中神女，居華山，服玉漿，白日昇天。

〔二〕火輪：指太陽。

〔三〕阿環：神話傳説中的上元夫人。

【鼓笛慢】

亂花叢裏曾携手，窮艷景，迷歡賞。到如今，誰把雕鞍鎖定，阻游人來往。好夢隨春遠，從前事、不堪思想。念香閨正杳，佳歡未偶，難留戀，空惆悵。　永夜嬋娟〔一〕未滿，嘆玉樓、幾時重上？那堪萬里，却尋歸路，指《陽關》孤唱。苦恨東流水，桃源路、欲回雙槳。仗何人、細與丁寧問呵，我如今怎向？

選注：

〔一〕嬋娟：此指明月。

【促拍滿路花】

露顆添花色，月彩投窗隙。春思如中酒，恨無力。洞房咫尺，曾寄青鸞翼。雲散無蹤迹。羅帳薰殘，夢回無處尋覓。　輕紅膩白。步步薰蘭澤。約腕金環重，宜裝飾。未知安否？一向無消息。不似尋常憶。憶後教人，片時存濟〔一〕不得。

選注：

〔一〕存濟：謂安頓或措置之義。

【長相思】

鐵甕〔一〕城高，蒜山〔二〕渡闊，干雲十二層樓。開尊待月，掩箔披風，依然燈火揚州。綺陌南頭，記歌名《宛轉》，鄉號温柔。曲檻俯清流，想花陰、誰繫蘭舟？　念凄絶秦弦，感深荆賦，相望幾許凝愁。勤勤裁尺素，奈雙魚、難渡瓜洲。曉鑒堪羞，潘鬢點、吴霜漸稠。幸于飛、鴛鴦未老，不應同是悲秋。

選注：

〔一〕鐵甕：鎮江古城名。

〔二〕蒜山：在鎮江西津渡口，後淪入長江中。

【滿庭芳】

其一

山抹微雲，天連衰草，畫角〔一〕聲斷譙門。暫停征棹，聊共引離樽。多少蓬萊舊事，空回首，烟靄紛紛。斜陽外，寒鴉萬點，流水繞孤村。銷魂，當此際，香囊暗解，羅帶輕分。謾贏得青樓，薄幸名存。此去何時見也，襟袖上、空惹啼痕。傷情處，高城望斷，燈火已黄昏。

選注：

〔一〕畫角：古管樂器，形如竹筒，外施彩繪，故名。聲高亢，軍中多用之，以警昏曉。

彙評：

宋・胡仔《苕溪漁隱叢話・後集》卷三十三引《藝苑雌黄》：其詞極爲東坡所稱道，取其首句，呼之爲『山抹微雲』君。

宋・魏慶之《詩人玉屑》卷二十一引晁無咎評：近世以來作者，皆不及秦少游。如『斜陽外，寒鴉數點，流水繞孤村』，雖不識字，亦知是天生好言語。

《草堂詩餘雋》卷四眉批：回首處斜陽遠眺，情何殷也！傷情處黄昏獨坐，情難遣矣！　評：少游敘舊事，有寒鴉流水之語，已令人賞目賞心。至下襟袖啼痕，祇爲秦樓薄幸，情思迫切。坡公最愛此詞。

《白雨齋詞話》卷六：宋人如『紅杏尚書』『賀梅子』『張三影』『山抹微雲秦學士』『露華倒影柳屯田』『曉風殘月柳三變』『滴粉搓酥左與言』之類，皆以一語之工，傾倒一世。

其二

紅蓼花繁，黄蘆葉亂，夜深玉露初零。霽天空闊，雲淡楚江清。獨棹孤篷小艇，悠悠過、烟渚沙汀。金鈎細，絲綸慢捲，牽動一潭星。時時，横短笛，清風皓月，相與忘形。任人笑生涯，泛梗飄萍。飲罷不妨醉卧，塵勞事、有耳誰聽。江風静，日高未起，枕上酒微醒。

彙評：

《草堂詩餘雋》卷四眉批：一絲牽動一潭星，驚人語也。眠風醉月漁家樂，洵不可羨。

評：值秋宵之景，駕一葉扁舟于梟渚鷗汀之中，瀟灑脱塵，有囂囂然自得之意。

其三

碧水驚秋，黄雲凝暮，敗葉零亂空階。洞房人静，斜月照徘徊。又是重陽近也，幾處處、砧杵聲催。西窗下，風摇翠竹，疑是故人來。傷懷，增悵望，新歡易失，往事難猜。問籬邊黄菊，知爲誰開？謾道愁須殢酒，酒未醒、愁已先回。憑欄久，金波〔一〕漸轉，白露點蒼苔。

選注：

〔一〕金波：月光浮動，若金之波流，亦以指月。

彙評：

《草堂詩餘雋》卷四眉批：待月迎風，情懷如訴。酒堪破愁，真愁非酒能破。

評：托意高遠，措詞灑脱，而一種秋思，都爲故人。展轉誦者，當領之言先。

【江城子】三首

其一

西城楊柳弄春柔，動離憂，泪難收。猶記多情曾爲繫歸舟。碧野朱橋當日事，人不見，水空流。

韶華不爲少年留。恨悠悠，幾時休？飛絮落花時候一登樓。便做春江都是泪，流不盡，許多愁。

彙評：

《草堂詩餘雋》卷二眉批：衹爲人不見，轉一番思。種種景，種種情，如怨如訴。

評：碧野朱橋，正是離别之處。飛絮落花言其景，春江二句言其情也。

《草堂詩餘》正集卷二：前結似謝，後結似蘇，易其名，幾不能辨。李後主『問君能有幾多愁？恰似一江春水向東流』，少游翻之，文人之心，浚于不竭。

其二

南來飛燕北歸鴻，偶相逢，慘愁容。緑鬢朱顔，重見兩衰翁。別後悠悠君莫問，無限事，不言中。　小槽春酒滴珠紅，莫匆匆，滿金鍾。飲散落花流水各西東。後會不知何處是？烟浪遠，暮雲重。

彙評：

清·陳廷焯《詞則·別調集》卷一：亦疏落，亦沉鬱。

其三

棗花金釧約柔荑〔一〕，昔曾攜，事難期。咫尺玉顔，和泪鎖春閨。恰似小園桃與李，雖同處，不同枝。　玉笙初度顫鸞篦〔二〕，落花飛，爲誰吹？月冷風高，此恨衹天知。任是行人無定處，重相見，是何時。

選注：

〔一〕柔荑：茅草嫩芽，喻女子之手。

〔二〕鸞篦：女子頭飾。

【滿園花】

一向沉吟久，泪珠盈襟袖。我當初不合苦撋就〔一〕，慣縱得軟頑〔二〕，見底心先有。行待痴心守，甚捻着脉子，倒把人來僝僽〔三〕。近日來非常羅皂〔四〕醜，佛也須眉皺。怎掩得衆人口？待收了孛羅，罷了從來斗。從今後，休道共我，夢見也、不能得勾。

選注：

〔一〕撋就：宋時方言，猶云遷就或温存。

〔二〕軟頑：猶言撒嬌。

〔三〕僝僽（音纏皺）：埋怨，責駡。

〔四〕羅皂：謂糾纏不休。

彙評：

明·卓人月《古今詞統》卷十一：鄙野不經之談，偏饒雅韵。

清·沈謙《填詞雜説》：秦少游『一向沉吟久』，大類山谷《歸田樂引》，鏟盡浮詞，直抒本色，而淺人常以雕繪傲之。此等詞極難作，然亦不可多作。

【迎春樂】

菖蒲葉葉知多少，惟有個、蜂兒妙。雨晴紅粉齊開了，露一點、嬌黃小。早是被、曉風力暴，更春共、斜陽俱老。怎得香香深處，作個蜂兒抱。

彙評：

《白雨齋詞話》卷八：讀古人詞，貴取其精華，遺其糟粕。且如少游之詞，幾奪温、韋之席，而亦未嘗無纖麗之語。讀《淮海集》，取其大者、高者可矣。若徒賞其『怎得香香深處，作個蜂兒抱』等句，則與山谷之『女邊著子，門裏安心』，其鄙俚纖俗，相去亦不遠矣。少游真面目何由見乎？

【水龍吟】

小樓連苑横空，下窺綉轂雕鞍驟〔一〕。朱簾半捲，單衣初試，清明時候。

破暖輕風，弄晴微雨，欲無還有。賣花聲過盡、斜陽院落，紅成陣，飛鴛甃。

玉佩丁東別後，悵佳期、參差難又。名韁利鎖，天還知道，和天也瘦。花下重門，柳邊深巷，不堪回首。念多情但有，當時皓月，向人依舊。

選注：

〔一〕綉轂（音鼓）：華貴的車輛。雕鞍：雕飾的馬鞍。

彙評：

宋·俞文豹《吹劍三録》：東坡問少游別後有何作，少游舉『小樓連苑横空，下窺綉轂雕鞍驟』。坡曰：『十三個字祇説得一個人騎馬樓前過。』

《草堂詩餘雋》卷二眉批：輕風微雨，寫出暮春景色，有見月而不見人之憾，問天天不知。評：按景綴情，最有餘味。謂筆能開花，信然。

【鵲橋仙】

纖雲弄巧，飛星傳恨，銀漢迢迢暗度。金風玉露一相逢，便勝却人間無數。柔情似水，佳期如夢，忍顧鵲橋歸路。兩情若是久長時，又豈在朝朝暮暮！

彙評：

《草堂詩餘雋》卷三眉批：相逢勝人間，會心之語；兩情不在朝暮，破格之談。

七夕歌以雙星會少别多爲恨，獨少游此詞謂『兩情若是久長』二句，最能醒人心目。

《蓼園詞選》：按七夕歌以雙星會少别多爲恨，少游此詞謂兩情若是久長，不在朝朝暮暮，所謂化臭腐爲神奇。凡咏古題，須獨出新裁，此固一定之論。少游以坐黨被謫，思君臣際會之難，因託雙星以寫意；而慕君之念，婉惻纏綿，令人意遠矣。

【减字木蘭花】

天涯舊恨，獨自凄凉人不問。欲見回腸，斷盡金爐小篆香。　黛蛾長歛，任是春風吹不展。困倚危樓，過盡飛鴻字字愁。

【木蘭花】

秋容老盡芙蓉院，草上霜花勻似剪。西樓促坐酒杯深，風壓綉簾香不捲。　玉纖慵整銀箏雁，紅袖時籠金鴨暖。歲華一任委西風，獨有春紅〔一〕留醉臉。

選注：

〔一〕春紅：謂酒後紅暈。春：謂酒。

彙評：

《詞則·閑情集》卷一：頑艷中有及時行樂之感。

【菩薩蠻】

蟲聲泣露驚秋枕，羅幃泪濕鴛鴦錦。獨卧玉肌凉，殘更與恨長。

陰風翻翠幔，雨澀燈花暗。畢竟不成眠，鴉啼金井寒。

彙評：

《草堂詩餘雋》卷二眉批：惟其恨長，是以眠爲不成。

《古今詞統》卷五：『畢竟』二字，寫盡一夜之輾轉。

【畫堂春】

落紅鋪徑水平池，弄晴小雨霏霏。杏園憔悴杜鵑啼，無奈春歸。

柳外畫樓獨上，憑闌手拈花枝，放花無語對斜暉，此恨誰知？

彙評：

《草堂詩餘雋》卷四眉批：春歸無奈，深情可掬，誰知此恨，何等幽思！評：寫出閨怨，真情俱在，末語迫真。

《蓼園詞選》：按一篇主意祇是時已過而世少知己耳，說來自娟秀無匹。末二句尤爲切摯。花之香，比君子德之芳也，所以拈者以此，所以無語而對斜暉者以此。既無人知，惟自愛自解而已。語意含蓄，清氣遠出。

【千秋歲】

水邊沙外，城郭春寒退。花影亂，鶯聲碎。飄零疏酒盞，離別寬衣帶。人不見，碧雲暮合空相對。　憶昔西池會，鵷鷺同飛蓋。攜手處，今誰在？日邊清夢斷，鏡裏朱顏改。春去也，飛紅萬點愁如海。

彙評：

南宋·曾季貍《艇齋詩話》：秦少游詞云：『春去也，落紅萬點愁如海。』今人多能歌此詞。方少游作此詞時，傳至余家丞相。丞相曰：『秦七必不久于世，豈有「愁如海」而可存乎？』已而少游果下世。少游第七，故云秦七。

《蓼園詞選》：按此乃少游謫處州思京中友人而作也。起從處州寫起，自寫情懷落寞也。『人不見』，即指京中友，故下闋直接『憶昔』四句。『日邊』，比京師也。『夢

斷』『顔改』『愁如海』，俱自嘆也。

【踏莎行】

霧失樓臺，月迷津渡，桃源望斷無尋處。可堪孤館閉春寒，杜鵑聲裏斜陽暮。驛寄梅花，魚傳尺素。砌成此恨無重數。郴江幸自繞郴山，爲誰流下瀟湘去？

彙評：

明·楊慎《詞品》卷三：秦少游《踏莎行》『杜鵑聲裏斜陽暮』，極爲東坡所賞。而後人病其『斜陽暮』爲重複，非也。見斜陽而知日暮，非複也。猶韋應物詩『須臾風暖朝日暾』，既曰『朝日』，又曰『暾』，當亦爲宋人所譏矣。

《草堂詩餘正集》卷一：少游坐黨籍，安置郴州，謂郴江與山相守，而不能不流，自喻最凄切。

清·王士禛《花草蒙拾》：『郴江幸自繞郴山，爲誰流下瀟湘去。』千古絶唱。秦殁後，坡公常書此于扇，云：『少游已矣，雖萬人何贖！』高山流水之悲，千載而下，令人腹痛！

清·趙翼《陔餘叢考》卷四十一：秦少游南遷，有妓生平酷愛秦學士詞，至是知其爲少游，請于母，願托以終身。少游贈詞，所謂『郴江幸自繞郴山，爲誰流向瀟湘去』者也。念時事嚴切，不敢偕往貶所。及少游卒于藤，喪還，將上長沙，妓前一夕得諸夢，即逆于途，祭畢，歸而自縊。

王國維《人間詞話》：少游詞境最爲凄婉，至『可堪孤館閉春寒，杜鵑聲裏斜陽暮』，則變而爲凄厲矣。

【蝶戀花】

曉日窺軒雙燕語，似與佳人，共惜春將暮。屈指艷陽都幾許，可無時霎〔一〕閑風雨。流水落花無問處，祇有飛雲，冉冉來還去。持酒勸雲雲且住，憑君礙斷春歸路。

選注：

〔一〕時霎：即霎時，按詞律倒裝。

彙評：

明·錢允治《類編箋釋續選草堂詩餘》卷上：閑風閑雨，固不如浮雲之礙高樓也。

《古今詞統》卷九：（末二句）鑿空奇語。周美成『憑斷雲、留取兩樓殘月』，似之。

【一落索】

楊花終日空飛舞，奈久長難駐。海潮雖是暫時來，却有個堪憑處。

紫府碧雲爲路，好相將歸去。肯如薄幸五更風，不解與花爲主。

【醜奴兒】

夜來酒醒清無夢，愁倚闌干。露滴輕寒，雨打芙蓉〔一〕泪不乾。

佳人別後音塵〔二〕悄，瘦盡難拚。明月無端，已過紅樓十二間。

選注：

〔一〕芙蓉：荷花，此喻面容。

〔二〕音塵：音信，消息。

彙評：

《類編箋釋續選草堂詩餘》卷上：芙蓉經雨，清泪如滴，離恨可知。

【南鄉子】

妙手寫徽真〔一〕，水剪雙眸點絳唇。疑是昔年窺宋玉，東鄰，衹露墻頭一半身〔二〕。往事已酸辛，誰記當年翠黛顰？盡道有些堪恨處，無情，任是無情也動人。

選注：

〔一〕寫徽真：爲崔徽畫像。崔徽，唐時歌妓。

〔二〕『疑是』三句：據宋玉《登徒子好色賦》載：『天下之佳人，莫若楚國。楚國之麗者，莫若臣里。臣里之美者，莫若東家之子：增之一分則太長，減之一分則太短；著粉則太白，施朱則太赤；眉如翠羽，肌如白雪；嫣然一笑，惑陽城，迷下蔡。然此女登墻窺臣三年，至今未許也。』

【河傳】二首

其一

亂花飛絮，又望空鬥合，離人愁苦。那更夜來，一霎薄情風雨。暗掩將、春色去。籬枯壁盡因誰做？若說相思，佛也眉兒聚。莫怪爲伊，底死縈腸惹肚。爲沒教，人恨處。

其二

恨眉醉眼，甚輕輕覷著，神魂迷亂。常記那回，小曲闌干西畔。鬢雲鬆，羅襪剗。丁香笑吐嬌無限，語軟聲低，道我何曾慣。雲雨未諧，早被東風吹散。悶損人，天不管。

【浣溪沙】五首

其一

漠漠輕寒上小樓，曉陰無賴似窮秋，澹烟流水畫屏幽。自在飛花輕似夢，無邊絲雨細如愁，寶簾閑挂小銀鈎。

彙評：

《詞則·大雅集》卷二：宛轉幽怨，温韋嫡派。

其二

香靨凝羞一笑開，柳腰如醉暖相挨，日長春困下樓臺。　照水有情聊整鬢，倚欄無緒更兜鞋，眼邊牽繫懶歸來。

彙評：

《續編草堂詩餘》：上句妙在『照水』，下句妙在『兜鞋』，即令閨人自模，恐未到。

其三

霜縞〔一〕同心翠黛連，紅綃四角綴金錢，惱人香爇是龍涎〔二〕。　枕上忽收疑是夢，燈前重看不成眠，又還一段惡因緣。

選注：

〔一〕霜縞：白色的絹。縞：未經染色的絹。

〔三〕龍涎：一種名貴香料。

其四

腳上鞋兒四寸羅，唇邊朱粉一櫻多〔一〕，見人無語但回波。料得有心憐宋玉，祇應無奈楚襄何，今生有分共伊麽？

選注：

〔一〕一櫻多：謂唇比櫻桃略大。

其五

錦帳重重捲暮霞，屏風曲曲鬥紅牙〔一〕，恨人何事苦離家。枕上夢魂飛不去，覺來紅日又西斜，滿庭芳草襯殘花。

選注：

〔一〕鬥紅牙：鬥，拼湊義；紅牙，古樂器名，即拍板。

彙評：

徐渭評本眉批：好在景中有情。

《蓼園詞選》：『重重』『曲曲』，寫得柔情旖旎，方喚得下句『何事』字起；即第二闋『飛不去』，亦從此生出。寫閨情至此，意致濃深，大雅不俗。

【醉桃源】

碧天如水月如眉，城頭銀漏〔一〕遲。綠波風動畫船移，嬌羞初見時。

銀燭暗，翠簾垂，芳心兩自知。楚臺〔二〕魂斷曉雲飛，幽歡難再期。

選注：

〔一〕銀漏：即漏壺，古代計時器。

〔二〕楚臺：楚王臺，相傳爲楚襄王夢遇神女處。

【如夢令】五首

其一

門外鴉啼楊柳，春色著人如酒。睡起熨沈香，玉腕不勝金斗。消瘦，消瘦，還是褪花時候。

彙評：

《苕溪漁隱叢話·後集》卷三十三：予又嘗讀李義山《效徐陵體贈更衣》云：『輕寒衣省夜，金斗熨沉香。』乃知少游詞『玉籠金斗，時熨沉香』，與夫『睡起熨沈香，玉腕不勝金斗』，其語亦有來歷處，乃知名人必無杜撰語。

其二

遥夜沉沉如水，風緊驛亭深閉。夢破鼠窺燈，霜送曉寒侵被。無寐，無寐，門外馬嘶人起。

其三

幽夢匆匆破後，妝粉亂痕沾袖。遥想酒醒來，無奈玉銷花瘦。回首，回首，繞岸夕陽疏柳。

彙評：

《草堂詩餘》續集：『匆匆破』三字真，『玉銷花瘦』四字警。末句不可倒作首句，思之思之。

《類編箋釋續選草堂詩餘》卷上：『玉銷花瘦』句，語新奇。

明·陸雲龍《詞菁》卷二眉批：奇麗。

其四

樓外殘陽紅滿，春入柳條將半。桃李不禁風，回首落英無限。腸斷，腸斷，人共楚天俱遠。

彙評：

《草堂詩餘雋》卷四眉批：對景傷春，於此詞盡見矣。評：因陽春景色而思故人心情，人遠而思更遠矣。

其五

池上春歸何處？滿目落花飛絮。孤館悄無人，夢斷月堤歸路。無緒，無緒，簾外五更風雨。

彙評：

楊慎批《草堂》：孤館聽雨，較洞房雨聲，自是不勝情之詞，一喜一悲。

《草堂詩餘雋》卷二眉批：難爲人語，自有可語之人在。　評：深情厚意，言有盡而味自無窮。

【阮郎歸】四首

其一

褪花新緑漸團枝，撲人風絮飛。鞦韆未拆水平堤，落紅成地衣。　游蝶困，乳鶯啼，怨春春怎知？日長早被酒禁持〔一〕，那堪更別離！

選注：

〔一〕禁持：擺布義。

彙評：

《詞菁》卷一：出語新媚，亦復幽奇。

其二

宮腰〔一〕裊裊翠鬟鬆，夜堂深處逢。無端銀燭殞秋風，靈犀得暗通。

身有恨，恨無窮，星河沉曉空。隴頭流水各西東，佳期如夢中。

選注：

〔一〕宮腰：女子的細腰。《韓非子·二柄》載：「楚靈王好細腰，而國中多餓人。」

彙評：

清·鄒祗謨《遠志齋詞衷》：《詞筌》云：詞至少游「無端銀燭殞秋風」之類，而蔓草頓秋，不惟極意形容，兼亦直認無諱，數語可謂樂而不淫。

其三

瀟湘門外水平鋪，月寒征棹孤。紅妝飲罷少踟躕，有人偷向隅〔一〕。揮玉箸〔二〕，灑真珠，梨花春雨餘。人人盡道斷腸初，那堪腸已無。

選注：

〔一〕向隅：面對屋子的一個角落，比喻孤獨落寞。

〔二〕玉箸：比喻思婦的眼泪。箸，筷子。

彙評：

《續編草堂詩餘》：『玉箸』『真珠』覺疊，得『梨花雨餘』句，疊正妙。及云『腸已無』，如新笋發林，高出林上。

楊慎批《草堂》：此等情緒，煞甚傷心。秦七太深刻矣！

其四

湘天風雨破寒初，深沉庭院虛。麗譙〔一〕吹罷《小單于》〔二〕，迢迢清夜徂。　鄉夢斷，旅魂孤，峥嶸歲又除。衡陽猶有雁傳書，郴陽和雁無。

選注：

〔一〕麗譙：本謂高樓，後指譙樓，即城門上的更鼓樓。

〔二〕《小單于》：唐代大角曲名。

彙評：

《草堂詩餘》正集卷一：衡、郴皆楚湘地，故曰湘。傷心！

【滿庭芳】三首

其一

北苑〔一〕研膏〔二〕，方圭圓璧，萬里名動京關。碎身粉骨，功合上凌烟〔三〕。尊俎〔四〕風流戰勝，降春睡、開拓愁邊。纖纖捧，香泉濺乳，金縷鷓鴣斑。相如方病酒，一觴一咏，賓有群賢。便扶起燈前，醉玉頽山。搜攬胸中萬卷，還傾動、三峽詞源〔五〕。歸來晚，文君未寢，相對小妝殘。

選注：

〔一〕北苑：古産茶地，在今福建建甌市東。

〔二〕研膏：指研磨成團之茶，爲北苑名茶。

〔三〕凌烟：古謂繪有功臣畫像的凌烟閣。此借以稱頌茶之功。

〔四〕尊俎：指酒或筵席。此謂茶能解酒。

〔五〕三峽詞源：三峽水流洶涌湍急。此處借喻文思層出不窮。詞源：文詞來源，謂文思。杜甫《醉歌行》詩：『詞源倒流三峽水，筆陣横掃千人軍。』

彙評：

《古今詞統》卷十二：少游夫婦不減趙明誠，固應深諳茶味與賭茗之樂。

其二

曉色雲開，春隨人意，驟雨纔過還晴。古臺芳榭，飛燕蹴紅英。舞困榆錢自落，鞦韆外、緑水橋平。東風裏，朱門映柳，低按小秦箏。多情，行樂處，珠鈿翠蓋，玉轡紅纓。漸酒空金榼〔一〕，花困蓬瀛。豆蔻梢頭舊恨，十年夢、屈指堪驚。凭闌久，疏烟淡日，寂寞下蕪城〔二〕。

選注：

〔一〕金榼：金製的酒具。榼（音科）：古時盛酒的器具。

〔二〕蕪城：南朝宋竟陵王劉誕作亂後，揚州城邑荒蕪。鮑照曾作《蕪城賦》以哀之。後因稱揚州爲『蕪城』。

彙評：

《草堂詩餘雋》卷一眉批：秋千外，東風裏，字字奇巧。疏烟淡日，此時之情還堪遠眺否？　評：就暗中描出春色，林巒欲滴。就遠處描出春情，城郭隱然如無。

《蓼園詞選》：此必少游被謫後作。雨過還晴，承恩未久也。『燕蹴紅英』，喻小人之讒搆也。『榆錢』，自喻也。『緑水橋平』，喻隨所適也。『朱門』『秦箏』，彼得意者自得意也。前一闋叙事也，後一闋則事後追憶之詞。『行樂』三句，追從前也。『酒空』二句，言被謫也。『豆蔻』三句，言爲日已久也。『凭闌』二句結通首，黯然自傷也。章法極綿密。

清·周濟《宋四家詞選》：『多情』二句，一筆挽轉。『結處』應首句，不忘君子也。

其三　茶詞

雅燕飛觴，清談揮麈〔一〕，使君〔二〕高會群賢。密雲〔三〕雙鳳〔四〕，初破縷金團〔五〕。窗外爐烟似動，開瓶試、一品香泉。輕淘起，香生玉塵〔六〕，雪濺紫甌圓。嬌鬟，宜美盼，雙擎翠袖，穩步紅蓮。坐中客翻愁，酒醒歌闌。點上紗籠畫燭，花驄弄、月影當軒。頻相顧，餘歡未盡，欲去且留連。

選注：

〔一〕揮麈：揮動麈尾。麈（音主），古籍中謂鹿之大者爲麈，其尾可做拂麈。晉人清談時，常揮動麈尾以爲談助。後因稱談論爲揮麈。

〔二〕使君：對州郡長官的尊稱。

〔三〕密雲：亦稱密雲團、密雲龍，宋時福建所産名茶。

〔四〕雙鳳：謂大小鳳團，均爲茶餅。

〔五〕縷金團：用金絲或金花包裝之茶餅。

〔六〕玉麈：形容研碎的茶末。

【桃源憶故人】

玉樓深鎖薄情種，清夜悠悠誰共？羞見枕衾鴛鳳，悶則和衣擁。無端畫角嚴城動，驚破一番新夢。窗外月華霜重，聽徹《梅花弄》〔一〕。

選注：

〔一〕《梅花弄》：《梅花三弄》的省稱，古琴名曲。

彙評：

《草堂詩餘雋》卷四眉批：不解衣而睡，夢又不成，聲聲惱殺人。評：形容冬夜景色惱人，夢寐不成。其憶故人之情，亦輾轉反側矣。

清·彭孫遹《金粟詞話》：詞人用語助入詞者甚多，入艷詞者絶少。惟秦少游『悶則和衣擁』，新奇之甚。用『則』字亦僅見此詞。

【調笑令】十首并詩

其一 王昭君

詩曰

漢宮選女適單于，明妃〔一〕斂袂登氈車。玉容寂寞花無主，顧影低徊泣路隅。行行漸入陰山路，目送征鴻入雲去。獨抱琵琶恨更深，漢宮不見空回顧。

曲子

回顧，漢宮路，捍撥〔二〕檀槽〔三〕鸞對舞。玉容寂寞花無主，顧影偷彈玉箸。未央宮殿知何處，目送征鴻南去。

選注：

〔一〕明妃：即王昭君，晋時避文帝司馬昭諱改名明君。
〔二〕捍撥：彈奏琵琶所用撥子。因其質地堅實，能捍護其撥，故稱。
〔三〕檀槽：以紫檀木所爲之琵琶槽。

彙評：
《古今詞統》卷三：前數行，疑是元人賓白所自始。被之管弦，竟是董解元數段。

其二 樂昌公主〔一〕

詩曰

金陵往昔帝王州，樂昌主第最風流。一朝隋兵到江上，共抱悽悽去國愁。越公萬騎鳴簫鼓，劍擁玉人天上去。空携破鏡望紅塵，千古江楓籠輦路。

曲子

輦路，江楓古，樓上吹簫人在否？菱花半壁香塵污，往日繁華何處？舊歡新愛誰是主，啼笑兩難分付。

選注：

〔一〕樂昌公主：南朝陳後主叔寶之妹，才色俱佳。陳亡後，流入越國公楊素之家，終與其夫徐德言破鏡重圓。

其三　崔徽〔一〕

詩曰

蒲中有女號崔徽，輕似南山翡翠兒。使君當日最寵愛，坐中對客常擁持。一見裴郎心似醉，夜解羅衣與門吏。西門寺裏樂未央〔二〕，樂府至今歌翡翠。

曲子

翡翠，好容止，誰使庸奴輕點綴。裴郎一見心如醉，笑裏偷傳深意。羅衣中夜與門吏，暗結城西幽會。

選注：

〔一〕崔徽：唐代歌妓。曾與裴敬中相戀，既別，托畫家寫其肖像寄敬中曰：『崔徽一旦不及畫中人，且爲郎死。』後抱恨而卒。事見唐元稹《崔徽歌并序》。

〔二〕未央：未盡。

其四　無雙〔一〕

詩曰

尚書有女名無雙，蛾眉如畫學新妝。妳家仙客最明俊，舅母唯衹呼王郎。尚書往日先曾許，數載暌違今復遇。聞説襄江二十年，當時未必輕相慕。

曲子

相慕，無雙女，當日尚書先曾許。王郎明俊神仙侶，腸斷别離情苦。數年睽恨今復遇，笑指襄江歸去。

選注：

〔一〕無雙：唐人小説中人名，與王仙客歷經離亂，終成眷屬。事見唐人薛調所作傳奇《無雙傳》。

其五　灼灼〔一〕

詩曰

錦城〔二〕春暖花欲飛，灼灼當庭舞《柘枝》。相君上客河東秀，自言那復傍人知。妾願身爲梁上燕，朝朝暮暮長相見。雲收月墮海沈沈，泪滿紅綃寄腸斷。

曲子

腸斷，綉簾捲，妾願身爲梁上燕。朝朝暮暮長相見，莫遣恩遷情變。

紅綃粉泪知何限？萬古空傳遺怨。

選注：

〔一〕灼灼：晚唐蜀中歌姬。韋莊《傷灼灼》詩：『嘗聞灼灼麗于花，雲髻盤時未破瓜。』自注：『灼灼，蜀之麗人也。』

〔二〕錦城：即錦官城，古代成都的别稱，因盛産蜀錦而得名。

其六　盼盼〔一〕

詩曰

百尺樓高燕子飛，樓上美人顰翠眉。將軍一去音容遠，衹有年年舊燕歸。春風昨夜來深院，春色依然人不見。衹餘明月照孤眠，唯望舊恩空戀戀。

曲子

戀戀，樓中燕，燕子樓空春日晚。將軍一去音容遠，空鎖樓中深怨。春風重到人不見，十二闌干倚遍。

選注：

〔一〕盼盼：姓關，唐代徐州歌姬，有詩才。嫁與徐州刺史張愔爲妾。白居易《燕子樓詩序》載其事。白詩有『燕子樓中霜月夜，秋來祇爲一人長』之句。

其七　鶯鶯

詩曰

崔家有女名鶯鶯，未識春光先有情。河橋〔一〕兵亂依蕭寺〔二〕，紅愁緑慘見張生。張生一見春情重，明月拂墻花樹動。夜半紅娘擁抱來，脉脉驚魂若春夢。

曲子

春夢，神仙洞，冉冉拂墻花影動。西廂待月知誰共？更覺玉人情重。

紅娘深夜行雲送，困嚲[三]釵橫金鳳。

選注：

〔一〕河橋：即蒲津橋，在山西古城蒲州。

〔二〕蕭寺：唐李肇《國史補》卷中記載，梁武帝造寺，令蕭子雲飛帛大書一『蕭』字。後因稱佛寺爲蕭寺。

〔三〕困嚲：疲憊，萎靡。嚲（音躲）：下垂。

其八 采蓮

詩曰

若耶溪邊天氣秋，采蓮女兒溪岸頭。笑隔荷花共人語，烟波渺渺蕩輕舟。數聲《水調》紅嬌晚，棹轉舟回笑人遠。腸斷誰家游冶郎，盡日踟躕臨柳岸。

曲子

柳岸，水清淺，笑折荷花呼女伴。盈盈日照新妝面，《水調》空傳幽怨。扁舟日暮笑聲遠，對此令人腸斷。

其九　烟中怨〔一〕

詩曰

鑒湖樓閣與雲齊，樓上女兒名阿溪。十五能爲綺麗句，平生未解出幽閨。謝郎巧思詩裁剪，能使佳人動幽怨。瓊枝璧月結芳期，斗帳雙雙成眷戀。

曲子

眷戀，西湖岸，湖面樓臺侵雲漢。阿溪本是飛瓊〔二〕伴，風月朱扉斜掩。謝郎巧思詩裁剪，能動芳懷幽怨。

選注：

〔一〕烟中怨：唐人傳奇名。

〔二〕飛瓊：王母之侍女，姓許名飛瓊。後泛指仙女。

其十　離魂記〔一〕

詩曰

深閨女兒嬌復痴，春愁春恨那復知？舅兄唯有相拘意，暗想花心臨別時。離舟欲解春江暮，冉冉香魂逐君去。重來兩身復一身，夢覺春風話心素。

曲子

心素，與誰語？始信別離情最苦。蘭舟欲解春江暮，精爽隨君歸去。异時携手重來處，夢覺春風庭户。

選注：

〔一〕離魂記：唐人陳玄祐所撰傳奇名，寫倩娘與王宙情事。

【虞美人】 三首

其一

高城望斷塵如霧，不見聯驂〔一〕處。夕陽村外小灣頭，祇有柳花無數送歸舟。

瓊枝玉樹頻相見，祇恨離人遠。欲將幽恨寄青樓，爭奈無情江水不西流！

選注：

〔一〕聯驂：猶并轡而行。

其二

碧桃天上栽和露，不是凡花數。亂山深處水縈回，可惜一枝如畫爲誰開？輕寒細雨情何限！不道春難管。爲君沉醉又何妨，祇怕酒醒時候斷人腸。

其三

行行信馬横塘畔，烟水秋平岸。緑荷多少夕陽中，知爲阿誰凝恨背西風？紅妝艇子〔二〕來何處？蕩槳偷相顧。鴛鴦驚起不無愁，柳外一雙飛去却回頭。

選注：

〔一〕紅妝艇子：紅妝指女子，艇子謂船夫。

【搗練子】

心耿耿，泪雙雙，皎月清風冷透窗。人去秋來宮漏永，夜深無語對銀釭。

彙評：

《草堂詩餘雋》卷二眉批：秋夜寂寂，秋閨隱隱，最堪懷人。　評：泪隨心生，淒其之景已見；至夜深無語，則幽思之情更切矣。

秦本《詩餘》眉批：春閨景物妍麗，秋閨思味淒凉，此詞爲得之。

【點絳唇】二首

其一

醉漾輕舟，信流引到花深處。塵緣相誤，無計花間住。　烟水茫茫，千里斜陽暮。山無數，亂紅如雨，不記來時路。

彙評：

《草堂詩餘》正集卷一：如畫。

其二

月轉烏啼，畫堂宮徵〔一〕生離恨。美人愁悶，不管羅衣褪。　清淚班班，揮斷柔腸寸。嗔人問，背燈偷揾，拭盡殘妝粉。

選注：

〔一〕宮徵（音旨）：中國古代音樂宮、商、角、徵、羽合稱五聲。此指樂曲。

【品令】二首

其一

幸自得，一分索强〔一〕，教人難吃〔二〕。好好地、惡了十來日，恰而今、較些不？須管啜持〔三〕教笑，又也何須肐織〔四〕！衠〔五〕倚賴、臉兒得人惜，放軟頑〔六〕、道不得。

選注：

〔一〕索强：猶争强、恃强。

〔二〕難吃：難受。《詩詞曲語辭匯釋》卷五：『吃，猶被也，受也。』

〔三〕啜持：哄騙。

〔四〕肐織：猶曲折、不順。

〔五〕衠（音諄）：盡，總是。

〔六〕放軟頑：猶云撒嬌。

其二

掉又懼〔一〕，天然個品格，于中壓一〔二〕。簾兒下、時把鞋兒踢，語低低、笑咭咭。　每每秦樓相見，見了無限憐惜。人前强、不欲相沾識〔三〕，把不定、臉兒赤。

選注：

〔一〕掉又懼：宋時方言，義未詳。

〔二〕壓一：壓倒一切之意，猶云第一。

〔三〕沾識：猶言沾惹、接近。

彙評：

清·李調元《雨村詞話》：『棹又艖，天然個品格，於中壓一。』『棹又艖』『壓一』，皆彼時歌伶語氣也。末云：『語低低、笑咭咭。』即乞乞，皆笑聲。

清·焦循《雕菰樓詞話》：秦少游《品令》『棹又艖，天然個品格』，此正秦郵土音，用『個』字作語助，今高郵人皆然也。

【南歌子】三首

其一

玉漏〔一〕迢迢盡，銀潢〔二〕淡淡橫。夢回宿酒未全醒，已被鄰鷄催起怕天明。臂上妝猶在，襟間泪尚盈。水邊燈火漸人行，天外一鈎殘月帶三星。

選注：

〔一〕玉漏：古代計時器漏壺的美稱。

〔二〕銀潢：銀河。

彙評：

《填詞雜説》：秦淮海『天外一鈎殘月照三星』，衹作曉景，佳！若指爲心兒謎語，不與『女邊著子，門裏挑心』同墮惡道乎？

清·劉體仁《七頌堂詞繹》：詞中如『玉佩丁東』，如『一鈎殘月帶三星』，子瞻所謂恐他姬厮賴，以取娱一時可也。乃子瞻《贈崔廿四》，全首如離合詩，才人戲劇，興復不淺。

清・郭麐《靈芬館詞話》卷二：以人名字隱寓詞中，始于少游之『一鈎斜月帶三星』。

《詞則・閑情集》卷一：（結句）雙關巧合，再過則傷雅矣。

其二

愁鬢香雲墜，嬌眸水玉〔一〕裁。月屏〔二〕風幌爲誰開？天外不知音耗百般猜。

玉露沾庭砌，金風動琯灰〔三〕。相看有似夢初回，祇恐又拋人去幾時來。

選注：

〔一〕水玉：水晶之別稱。

〔二〕月屏：指屏風。屏，同屏。

〔三〕琯灰：亦作灰琯，又稱葭灰，燒葭成灰置于律管，用來預測節氣變化。

彙評：

《草堂詩餘》續集：相看又恐去，未去先問來，宛女子小聲輕囀。

其三

香墨〔一〕彎彎畫，燕脂淡淡勻。揉藍〔二〕衫子杏黄裙，獨倚玉闌無語點檀唇〔三〕。人去空流水，花飛半掩門。亂山何處覓行雲〔四〕？又是一鈎新月照黄昏。

選注：

〔一〕香墨：畫眉的螺黛，爲黑色。

〔二〕揉藍：即藍色。黄庭堅《點絳唇》詞第三：『淚珠輕溜，裛損揉藍袖。』

〔三〕檀唇：形容女性唇吻之美。

〔四〕行雲：喻戀人的踪影。

【臨江仙】二首

其一

千里瀟湘挼藍〔一〕浦，蘭橈昔日曾經。月高風定露華清。微波澄不動，冷浸一天星。　獨倚危檣情悄悄，遥聞妃瑟〔二〕泠泠。新聲含盡古今情。曲終人不見，江上數峰青。

選注：

〔一〕挼藍：形容江水清澈。古人挼取藍草以取青色，稱『挼藍』，又稱『揉藍』。

〔二〕妃瑟：指湘妃，舜的兩個妃子娥皇、女英，善于鼓瑟。

彙評：

清·杜文瀾《憩園詞話》卷一：詩之幽瘦者，宋人均以入詞，如『曲終人不見，江上數峰青』一聯，秦少游直録其語。若是者不少，是在填詞家善于引用，亦須融會其意，不宜全録其文。總之，詞以纖秀爲佳，凡使氣、使才，矜奇、矜僻，皆不可一犯筆端。

其二

髻子偎人嬌不整，眼兒失睡微重。尋思模樣早心忪。斷腸攜手，何事太匆匆。　不忍殘紅猶在臂，翻疑夢裏相逢。遥憐南埭〔一〕上孤篷。夕陽流水，紅滿泪痕中。

選注：

〔一〕南埭：指江都召伯埭，因在詞人家鄉高郵之南，故稱。

彙評：

《草堂詩餘》續集卷下：（起句）兩句佳人之神。（結句）自饒花色。

【好事近】夢中作

春路雨添花，花動一山春色。行到小溪深處，有黄鸝千百。　飛雲當面化龍蛇，夭矯轉空碧。醉卧古藤陰下，了不知南北。

彙評：

宋·趙令畤《侯鯖録》卷七：秦少游、賀方回相繼以歌詞知名。少游有詞云：『醉卧古藤陰下，了不知南北。』其後遷謫，卒于藤州光華亭上。方回亦有詞云：『當年曾到王陵鋪，鼓角秋風，千歲遼東，回首人間萬事空。』後卒于北門，門外有王陵鋪云。

《宋四家詞選》：概括一生，結語遂作藤州之讖。造語奇警，不似少游尋常手筆。

《詞菁》卷二眉批：奇峭。

《詞則·别調集》卷一：筆勢飛舞。

【行香子】

樹繞村莊，水滿陂塘。倚東風、豪興徜徉。小園幾許，收盡春光。有桃花紅，李花白，菜花黄。遠遠苔墻，隱隱茅堂。揚青旗、流水橋傍。偶然乘興，步過東崗。正鶯兒啼，燕兒舞，蜂兒忙。

【如夢令】二首

其一

門外緑陰千頃，兩兩黄鸝相應。睡起不勝情，行到碧梧金井。人静，人静，風弄一枝花影。

彙評：

《草堂詩餘雋》卷一眉批：幾語寫盡滿腔春意。評：優游自得，此境還疑是夢醒中悟來。

《詞菁》卷一眉批：『人静，人静，風弄一枝花影。』正是静景。

《蓼園詞選》：秦少游又有《春景》一闋曰：『鶯嘴啄花紅溜……』沈際飛深賞其琢句奇峭，然細玩，終不如此首韻味清遠。

又：『不勝情』從『千頃』字、『相應』字生出，因『不勝情』而行，行而無人，衹見『風弄一枝花影』，更難爲情。『一枝』字幽雋。

其二

鶯嘴啄花紅溜，燕尾點波緑皺。指冷玉笙寒，吹徹《小梅》春透。依舊，依舊，人與緑楊俱瘦。

彙評：

《草堂詩餘雋》卷一眉批：用字妍巧，寓意咏嘆。　評：聞笛懷人，似夢中得句來。

《草堂詩餘》卷一眉批：琢句奇峭。　春柳未必瘦，然易此字不得。

【生查子】

眉黛遠山長，新柳開青眼。樓閣斷霞明，羅幕春寒淺。　杯嫌玉漏遲，燭厭金刀剪。月色忽飛來，花影和簾捲。

彙評：

《類編箋釋續選草堂詩餘》卷上：杯行既遲，燭剪復頻，夜景可掬。

【木蘭花慢】

過秦淮曠望，迥蕭灑，絶纖塵。愛清景風蛩，吟鞭醉帽，時度疏林。秋來政情味淡，更一重烟水一重雲。千古行人舊恨，盡應分付今人。漁村望斷衡門。蘆荻浦，雁先聞。對觸目凄凉，紅凋岸蓼，翠減汀蘋。憑高正千嶂黯，便無情、到此也銷魂。江月知人念遠，上樓來照黄昏。

【虞美人影】

碧紗影弄東風曉，一夜海棠開了。枝上數聲啼鳥，妝點知多少。妒雲恨雨腰肢裊，眉黛不堪重掃。薄幸不來春老，羞帶宜男草〔一〕。

選注：

〔一〕宜男草：即萱草。《本草綱目·草部》『萱草』云：『懷妊婦人佩其花則生男，故名宜男。』

彙評：

《草堂詩餘雋》卷二眉批：憶故人還爲誤佳期也。評：詞調清新，誦之自膾炙人口，玩之又羈絆人情。

《草堂詩餘》正集卷一：『海棠開了』下，轉出『啼鳥』『妝點』，趣溢不窘，奇筆！句末慧。

《蓼園詞選》：第一闋言春色明艷，動閨中春思耳。次闋言抑鬱無聊，青春已老，羞望恩澤耳。托興自娟秀。

【醉蓬萊】

見揚州獨有，天下無雙，號爲瓊樹。占斷天風，歲花開兩次。九朵一苞，攢成環玉，心似珠璣綴。瓣瓣玲瓏，枝枝潔净，世上無花類。冷露朝凝，香風遠送，信是瓊瑶貴。料得天宮有，此地久難留住。翰苑才人，貴家公子，都要看花去。莫吝金錢，好尋詩伴，日日花前醉。

【御街行】

銀燭生花如紅豆。這好事、而今有。夜闌人静曲屏深，借寶瑟、輕輕招手。可憐一陣白蘋風，故滅燭，教相就。花帶雨冰肌香透。恨啼鳥、轆轤聲曉，岸柳微風吹殘酒。斷腸時、至今依舊。鏡中消瘦。那人知後，怕你來僝僽[一]。

選注：

[一]僝僽（音禪皺）：憔悴，煩惱，愁悶。

【浣溪沙】

青杏園林煮酒香，佳人初試薄羅裳。柳絲搖曳燕飛忙。乍雨乍晴花易老，閑愁閑悶日偏長。爲誰消瘦減容光？

彙評：

《草堂詩餘雋》卷二眉批：羅裳初試有意味，容光消減真堪憐也。評：眼前

景致口頭語，便是詩家絶妙詞。

徐渭評本眉批：『乍雨乍晴』『閑愁閑悶』二句，淺淡中傷春無限。

注：本篇亦題晏殊作，或題歐陽修或吴文英作。

【滿江紅】 姝麗

越艷〔一〕風流，占天上、人間第一。須信道、絶塵標致，傾城顔色。翠綰垂螺〔二〕雙髻小，柳柔花媚嬌無力。笑從來、到處衹聞名，今相識。臉兒美，鞋兒窄。玉纖嫩，酥胸白。自覺愁腸攪亂，坐中狂客。《金縷》和杯曾有分，寶釵落枕知何日？謾從今、一點在心頭，空成憶。

選注：

〔一〕越艷：越地美貌女子。常與吴娃相對。

〔二〕垂螺：古代女子結髮爲髻，形似螺殼而下垂。

【阮郎歸】

春風吹雨繞殘枝，落花無可飛。小池寒緑欲生漪，雨晴還日西。

簾半捲，燕雙歸，諱愁〔一〕無奈眉。翻身整頓著殘棋，沉吟應劫〔二〕遲。

選注：

〔一〕諱愁：諱言愁苦。諱，隱晦，隱瞞。

〔二〕應劫：本圍棋術語，此猶應對。

彙評：

《類編草堂詩餘》卷一：既已整頓，終不禁應劫之遲，真寫生手。應劫，猶言應敵。

楊慎批《草堂》卷一眉批：眉不掩愁，棋不消愁，愁來何處著？ 又：『諱愁無奈眉』，寫想深慧。『翻身』二句，愁人之致，極宛極真。此等情景，匪夷所思。

《草堂詩餘雋》卷二眉批：以春花點春景，以春燕觸春情，情景逼真。 評：落花歸燕，俱是撫景傷情之語。

《古今詞統》卷六：『諱愁』五字，不知費多少安頓。

《蓼園詞選》案語：此詞疑少游坐黨被謫後作，言已被謫而衆謗尚交搆也。『繞字有糾纏不已之意。風雨相逼，至無花可飛，則慘悴甚矣。池欲生漪，亦『吹皺一池』之意也。『日西』，言日已暮而時已晚也。整頓殘棋而應劫遲，言欲求伸而無心于應敵也。辭旨清婉凄楚。結束『沉吟』二字，妙在尚有含蓄。

【念奴嬌】小孤山

長江滾滾東流去，激浪飛珠濺雪。獨見一峰青崒嵂〔一〕，當住中流萬折。應是天公，恐他瀾倒，特向江心設。屹然今古，舟郎指點争説。岸邊無數青山，縈迴紫翠，掩映雲千疊。都讓洪濤恣洶涌，却把此峰孤絶。薄暮烟霏，高空日煥，諳歷陰晴徹。行人過此，爲君幾度擊楫〔二〕。

選注：

〔一〕崒嵂（音卒律）：山高峻貌。

〔二〕擊楫：語出《晋書·祖逖傳》，逖統兵北伐，渡江中流，拍擊船槳，立誓收復中原。比喻志節慷慨。

【眼兒媚】

樓上黄昏杏花寒〔一〕，斜月小闌干。一雙燕子，兩行歸雁，畫角聲殘。綺窗人在東風裏，無語對春閑。也應似舊，盈盈秋水，澹澹春山〔二〕。

選注：

〔一〕杏花寒：杏花時節，天氣乍暖還寒。

〔二〕盈盈秋水，澹澹春山：《草堂詩餘》卷上注云：『謂佳人眼如秋水之清，眉如春山之秀也。』

彙評：

《草堂詩餘雋》卷一眉批：對景興思，一唱三嘆，畫出秋水春山圖。　評：寫

景欲嗚，寫情如見，語意兩到。

《蓼園詞選》：案此久别憶内詞耳，語語是意中摹想而得，意致纏綿中繪出，盡是鏡花水月，與杜少陵『今夜鄜州月』一律同看。

【西江月】

愁黛〔一〕顰成月淺，啼妝〔二〕印得花殘。衹消鴛枕夜來閑，曉鏡心情便懶。　醉帽簷頭風細，征衫袖口香寒。緑江春水寄書難，攜手佳期又晚。

選注：

〔一〕愁黛：即愁眉。

〔二〕啼妝：古代女子薄拭眼角下脂粉，視若啼痕，故名。

【昭君怨】春日寓意

隔葉乳鴉聲軟，啼斷日斜陰轉。楊柳小腰肢，畫樓西。　役損風流心眼，眉上新愁無限。極目送行雲，此時情。

【憶秦娥】

暮雲碧，佳人不見愁如織。愁如織，兩行征雁，數聲羌笛。　錦書難寄西飛翼，無言秪是空相憶。空相憶，紗窗月淡，影雙人隻。

彙評：

《古今詞統》卷五：結語簡雋。

【畫堂春】

東風吹柳日初長，雨餘芳草斜陽。杏花零落燕泥香，睡損紅妝。

寶篆烟消龍鳳，畫屏雲鎖瀟湘。夜寒微透薄羅裳，無限思量。

彙評：

《草堂詩餘雋》卷四眉批：句句寫景入畫。言少而意甚多。評：以奇才運奇調，堪稱奇章。

《雨村詞話》卷一：秦少游《淮海集》，首首珠璣，爲宋一代詞人之冠。今刊本多以山谷作雜之。黄九之不逮秦七，古人已有定評，豈容溷入？如《畫堂春》詞（詞略），氣薄語纖，此山谷十六歲作也，不應雜入。

《詞綜偶評》：高麗！直可使耆卿、美成爲輿臺矣。

【宴桃源】

去歲迷藏花柳，恰恰如今時候。心緒幾曾歡？贏得鏡中消瘦。生受，生受，更被養娘催綉。

彙評：

《草堂詩餘》續集卷上：不但情懷倦綉，縱含情刺錦，豈由催促，如養娘之不解事何！

【夜游宫】

何事東君又去？滿空院、落花飛絮。巧燕呢喃向人語。何曾解，説伊家、些子苦？況是傷心緒，念個人、久成暌阻。一覺相思夢回處。連宵雨，更那堪，聞杜宇！

【海棠春】

流鶯窗外啼聲巧，睡未足、把人驚覺。翠被曉寒輕，寶篆沉烟裊。宿酲未解宫娥報，道别院、笙歌會早。試問海棠花，昨夜開多少？

彙評：

《草堂詩餘雋》卷一眉批：『宿酲』承『睡未足』來，何等脉絡！評：流鶯唤睡，海棠獨醒，情景恍在一盼中。

《詞則·閑情集》卷一：『睡未足』句，終嫌俚淺。

【憶秦娥】四首

其一　灞橋雪

驢背吟詩清到骨，人間別是閑勛業。雲臺〔一〕烟閣〔二〕久銷沉，千載人圖灞橋雪。

灞橋雪，茫茫萬徑人踪滅。人踪滅。此時方見，乾坤空闊。騎驢老子真奇絶，肩山吟聳〔三〕清寒冽。清寒冽。袛緣不禁，梅花撩撥。

選注：

〔一〕雲臺：東漢永平年間，明帝追憶前世功臣，命繪二十八將畫像于洛陽南宫雲臺。

〔二〕烟閣：即凌烟閣。唐太宗、代宗時均曾繪功臣像于凌烟閣。

〔三〕肩山吟聳：形容于風雪中聳肩縮頸苦吟狀。

其二　曲江〔一〕花

帝城東畔富韶華，滿路飄香爛彩霞。多少風流年少客，馬蹄踏遍曲江花。

曲江花，宜春十里錦雲遮。錦雲遮。水邊院落，山上人家。茸茸細草承香車，金鞍玉勒争年華。争年華。酒樓青旆，歌板紅牙。

選注：

〔一〕曲江：漢武帝時所造宫苑名勝，其水曲折，名曲江池，又稱宜春苑。

其三　庾樓〔一〕月

碧天如水纖雲滅，可是高人清興發。徙倚危闌有所思，江頭一片庾樓月。

庾樓月，水天涵映秋澄徹。秋澄徹。涼風清露，瑤臺銀闕。桂花香滿蟾蜍窟〔二〕，胡床興發霏談雪。霏談雪。誰家鳳管，夜深吹徹。

選注：

〔一〕庾樓：即庾公樓，因在武昌之南，又稱南樓。晉代庾亮鎮守武昌期間，曾與部屬于此樓夜游賞月，後又稱玩月樓。

〔二〕蟾蜍窟：月亮的别稱。

其四　楚臺風〔一〕

誰將彩筆弄雌雄，長日君王在渚宫。一段瀟湘涼意思，至今都入楚臺風。

楚臺風，蕭蕭瑟瑟穿簾櫳。穿簾櫳。滄江浩渺，綺閣玲瓏。飄飄彩笑摇長虹，泠泠仙籟鳴虚空。鳴虚空。一闌修竹，幾壑疏松。

選注：

〔一〕楚臺風：《文選》載宋玉《風賦·序》云：『楚襄王游于蘭臺之宮，宋玉、景差侍，有風颯然而至。』

【菩薩蠻】

金風蔌蔌驚黃葉，高樓影轉銀蟾〔一〕匝。夢斷綉簾垂，月明烏鵲飛〔二〕。新愁知幾許，欲似柳千縷。雁已不堪聞，砧聲何處村？

選注：

〔一〕銀蟾：月亮的别稱。傳説月中有蟾蜍，故稱。

〔二〕月明句：曹操《短歌行》：『月明星稀，烏鵲南飛，繞樹三匝，何枝可依？』

彙評：

《草堂詩餘雋》卷四眉批：色色入愁，聲聲致憾。 評：如風聲、雁聲、砧聲，俱足動秋閨之思。

《蓼園詞選》：按『匝』字從『轉』生來，四月由東而西，轉于高樓之上者，已匝也。通首亦清微澹遠。

【一斛珠】秋閨

碧雲寥廓，倚闌悵望情離索。悲秋自覺羅衣薄。曉鏡空懸，懶把青絲掠。 江山滿眼今非昨，紛紛木葉風中落。別巢燕子辭簾幕。有意東君，故把紅絲縛。

【醉鄉春】

喚起一聲人悄，衾冷夢寒窗曉。瘴雨〔一〕過，海棠開，春色又添多少。

社甕〔二〕釀成微笑，半缺椰瓢共舀。覺傾倒，急投床，醉鄉廣大人間小。

選注：

〔一〕瘴雨：舊時謂湖廣一帶山林間濕熱蒸鬱易使人發病的雨水。

〔二〕社甕：指社日所用的酒。

彙評：

《詞品》卷三：秦少游謫藤州，一日，醉卧野人家，有詞云（詞略）。此詞本集不載，見于地志。而修《一統志》者，不識「舀」字，妄改可笑。

【金明池】

瓊苑金池，青門紫陌，似雪楊花滿路。雲日淡、天低晝永，過三點兩點細雨。好花枝、半出墻頭，似悵望、芳草王孫何處。更水繞人家，橋當門巷，燕燕鶯鶯飛舞。怎得東君〔一〕長爲主。把緑鬢朱顏，一時留住。佳人唱、《金衣》〔二〕莫惜，才子倒、玉山休訴〔三〕。況春來、倍覺傷心，念故國情多，新年愁苦。縱寶馬嘶風，紅塵拂面，也則尋芳歸去。

選注：

〔一〕東君：謂春神。

〔二〕《金衣》：即《金縷衣》，曲調名。

〔三〕才子句：形容人酒醉欲倒之態。

彙評：

《草堂詩餘雋》卷一眉批：悵望何處，祇在燕飛鶯舞中。評：點綴春光，如雨花錯落。至佳人才子，共慶同春，猶令人神游十二峰，爲之玩不釋手。

《蓼園詞選》：前闋寫韶光婉媚，奕奕動人。次闋起處願朱顏留住，意已感慨。至結句尤峻切，語意含蓄得妙。

《宋四家詞選》：此詞最明快，得結語神味便遠。

【青門飲】

風起雲間，雁橫天末，嚴城畫角，《梅花》三奏。塞草西風，凍雲籠月，窗外曉寒輕透。人去香猶在，孤衾長閑餘綉。恨與宵長，一夜熏爐，添盡香獸〔一〕。前事空勞回首。雖夢斷春歸，相思依舊。湘瑟聲沉，庾梅〔二〕信斷，誰念畫眉人瘦？一句難忘處，怎忍辜、耳邊輕咒。任人攀折，可憐又學，章臺楊柳〔三〕。

選注：

〔一〕香獸：指搏成獸形的炭。

〔二〕庾梅：庾嶺之梅。庾嶺在今江西、廣東交界處。唐張九齡于此廣植梅花，又名梅嶺。

〔三〕章臺楊柳：唐韓翃與長安柳氏相戀，曾贈詩：『章臺柳，章臺柳，昔日青青今在否？縱使長條似舊垂，也應攀折他人手。』章臺：漢代長安街道名，舊時多借指妓院。

【南歌子】 贈東坡侍妾朝雲〔一〕

靄靄凝春態，溶溶媚曉光。何期容易下巫陽〔二〕，祇恐使君前世是襄王。　暫爲清歌駐，還因暮雨忙。瞥然歸去斷人腸，空使蘭臺公子〔三〕賦《高唐》。

選注：

〔一〕朝云：姓王，錢塘名妓。蘇軾守杭，納爲侍妾。敏而慧，深得東坡寵愛。

〔二〕巫陽：巫山之陽。宋玉《高唐賦》載巫山神女謂楚懷王曰：『妾在巫山之陽，高丘之阻，旦爲朝雲，暮爲行雨，朝朝暮暮，陽臺之下。』

〔三〕蘭臺公子：謂宋玉。《文選·風賦·序》：『楚襄王游于蘭臺之宫，宋玉、景差侍。』後因稱宋玉爲蘭臺公子。

其二

夕露沾芳草，斜陽帶遠村。幾聲殘角起譙門，撩亂栖鴉飛舞弄黄昏。

天共高城遠，香餘綉被温。客程常是可銷魂，怎向心頭横著個人人。

其三

樓迥迷雲日，溪深漲曉沙。年來㤙憔費鉛華，樓上一天春思浩無涯。

羅帶寬腰素〔一〕，真珠溜臉霞。海棠開盡柳飛花，薄幸祇知游蕩不思家。

選注：

〔一〕寬腰素：謂腰肢瘦損。腰素：古代女子束腰的白色生絹。

【鷓鴣天】

枝上流鶯和泪聞，新啼痕間舊啼痕。一春魚鳥〔一〕無消息，千里關山勞夢魂。無一語，對芳尊。安排腸斷到黃昏。甫能〔二〕炙得燈兒了，雨打梨花深閉門。

選注：

〔一〕魚鳥：猶魚雁，指書信。

〔二〕甫能：《詩詞曲語辭匯釋》卷二：『猶云方才也。』

彙評：

《草堂詩餘正集》卷一：『安排腸斷』三句，十二時中無間矣，深于閨怨者。

明·張綖《草堂詩餘別録》：後段三句似佳，結語尤曲折婉約有味。若嫌曲細，

倣王利

詞與詩體不同，正欲其精工。故謂秦淮海以詞爲詩，嘗有『簾幕千家錦綉垂』之句。

《草堂詩餘雋》卷一眉批：新痕間舊痕，一字一血！ 又：結兩句有言外無限深意。

清·沈祥龍《論詞隨筆》：詞雖濃麗而乏趣味者，以其但作情景兩分語，不知作景中有情，情中有景語耳。『雨打梨花深閉門』『落紅萬點愁如海』，皆情景雙繪，故稱好句而趣味無窮。

《蓼園詞選》引《古今詞話》：此詞形容愁怨之意最工，如後疊『甫能炙得燈兒了，雨打梨花深閉門』，頗有言外之意。孤臣思婦，同難爲情。『雨打梨花』句，含蓄得妙，超詣也。

《詞菁》卷二眉批：錦心綉口，出語皆菁！『安排』二字，楚絶。

詩

寄曾逢原

孟夏氣候好，林塘媚晴輝。回渠轉清流，藻荇相因依。叢薄起疏籟〔一〕，衆鳥鳴且飛。高城帶落日，光景酣夕霏。即事遠興托，撫己幽思微。超搖弄柔翰〔二〕，徙倚弦金徽。美人邈雲杪，志願固有違。丹青儻不渝，與子同裳衣。

選注：

〔一〕疏籟：指風吹草木之聲。

〔二〕柔翰：毛筆。晋左思《咏史》詩：『弱冠弄柔翰，卓犖觀群書。』

彙評：

《淮海集》徐渭眉批：置之陶、韋集中，不復可辨。

司馬遷 分韵得壑字

子長少不羈，發軔〔一〕遍丘壑。晚遭李陵禍，憤悱思遠托。高辭振幽光，直筆誅隱惡。馳騁數千載，貫穿百家作。至今青簡上，文彩炳金雘〔二〕。高才忽小疵，難用常情度。譬彼海運鵬，豈復顧矰繳。區區班叔皮，未易議疏略。

選注：

〔一〕發軔：出發。軔爲制阻車輪之横木，發之則車行。

〔二〕金雘（音霍）：鏤金塗青。引申謂雕飾。

和王通叟琵琶夢

鶗鴂鳴時衆芳歇，華堂夢斷音容絶。風驚玉露不成圓，一夜芙蕖泣秋月。金紋捍面〔一〕紫檀槽〔二〕，曾抱花前送酒舠〔三〕。庾郎江令費珠璧〔四〕，小砑紅牋揮兔毫。風流雲散令人瘦，忍看麴塵昏錦綬。楚水悠悠更不西，上天破鑒空依舊。

選注：

〔一〕捍面：即捍撥，彈奏琵琶用的撥子。

〔二〕檀槽：琵琶上架弦的槽格，檀木製成。

〔三〕酒舠：船行小酒杯。

〔四〕庾郎句：庾郎指南齊庾杲之；江令指南朝梁江總。珠璧，形容詩文之美。

彙評：

《淮海集》徐渭眉批：鮮俊在唐人中、晚之間。

春日雜興 十首選一

吴會〔一〕雖褊小，海濱富奇峰。天鷄一號叫，劍戟明遥空。溪谷相徑復，深林杳攢叢。猿吟虎豹啼，雲氣迷西東。中有遯世士，超然閟孤踪。被蘭服明月，起坐松聲中。夜鍛吸沆瀣，朝琴庇青葱。騎星友元氣，巢許〔二〕安可同？俛眄區中人，飛埃集毛鋒。問津或不繆，從子游鴻蒙。

選注：

〔一〕吴會：此指錢塘，今浙江杭州。

〔二〕巢許：指巢父與許由，均古之隱士。

和孫莘老題召伯斗野亭

淮海破冬仲，雪霜滋不平。菱荷枯折盡，積水寒更清。輟棹得佳觀，湖天繞朱甍。信美無與娱，濁醪聊自傾。北眺桑梓國，悠然白雲生。南望古邘溝，滄波帶蕪城。村墟翳茅竹，孤烟起晨烹。檐間鳥聲落，客子念當行。攬衣視日景，薄陰漏微明。何時復來游？春風發鮮榮。

送少章弟赴仁和主簿

我宗本江南，爲將門列戟。中葉徙淮海，不仕但潛德。先祖實起家，先君始縫掖。議郎爲名士，餘亦忝詞客。風流以及汝，三通桂堂籍〔一〕。汝弱不好弄，文章有風格。久從先生游，術業良未測。武林一都會，山水富南國。下有賢别駕，上有明方伯〔二〕。干將入砥礪，騕褭〔三〕就銜勒。勿矜孔鸞姿，不樂栖枳棘。吴中多高士，往往寄老釋。辯才雖物化，參寥猶夙昔。投閑數訪之，可得三友益。少來輕别離，老去重乖隔。念汝遠行役，惘惘意不懌。道山雖云佳，久寓有飢色。功名已絶意，政苦婚嫁迫。終從大人議，税駕〔四〕邗溝側。追踪漢兩疏〔五〕，父子老阡陌。

選注：

〔一〕桂堂籍：即桂籍，科舉登第者之名籍。
〔二〕方伯：一方諸侯之長，泛指州郡長官。此指蘇軾。
〔三〕騕褭：古良馬名，傳説能日行萬里。
〔四〕税駕：猶解駕，停車。謂休息或歸宿。税，通『脱』。
〔五〕兩疏：指西漢疏廣、疏受，廣爲太傅，兄子受爲少傅。

次韻奉酬丹元先生

金華紫烟客，來作牧羊兒。至言初無文，尋繹自成詩。二景入妙解，元氣含烟詞。憐我鬚蒼浪，黄埃眩蟲絲〔一〕。勸解冠上纓，一濯含風漪。攝身列缺〔二〕外，倒躡蜿蜒髻。維斗〔三〕錯明珠，望舒〔四〕耿修眉。真游無疆界，浩蕩天風吹。

選注：

〔一〕黄埃句：形容年老目眩，視塵摇曳如游絲。

〔二〕列缺：閃電。

〔三〕維斗：即北斗星。《莊子》成玄英疏：『北斗爲衆星綱維，故曰維斗。』

〔四〕望舒：本爲月之御者，此指月。

飲酒詩　四首選一

我觀人間世，無如醉中真。虚空爲消殞，况乃百憂身。惜哉知此晚，坐令華髮新。聖人難驟得，得且致賢人。

精思

精思洞元化〔一〕，白日升高旻〔二〕。俯仰凌倒景，龍行速如神。半道過紫府，弭節〔三〕聊逡巡。金床設寶几，璀璨明月珍。仙者二三子，眷然骨肉親。飲我霞一杯，放懷暖如春。遂朝玉虛上，冠劍班列真。無端拜失儀，放斥令自新。雲霄難遽返，下土多埃塵。淮南守天庖，嗟我實何人！

選注：

〔一〕元化：造化，大自然之發展變化。

〔二〕高旻：高天。旻，指天。

〔三〕弭節：駐節，停車。弭，止；節，車行進退之節。

贈女冠〔一〕暢師

瞳人剪水腰如束〔二〕，一幅烏紗裹寒玉。飄然自有姑射姿，回看粉黛皆塵俗。霧閣雲窗人莫窺，門前車馬任東西。禮罷曉壇春日靜，落紅滿地乳鴉啼。

選注：

〔一〕女冠：女道士。宋宣和元年，詔改女冠爲女道。

〔二〕腰如束：謂腰細如束素帛。

彙評：

宋·蔡正孫《詩林廣記》後集卷八引《桐江詩話》：時有女冠暢道姑，姿色妍麗，神仙中人也。少游挑之不得，乃作詩云。

近代·陳衍《宋詩精華録》卷二：末韵不著一字，而濃艷獨至，《桐江詩話》以此道姑爲神仙中人，殆不虚也。

次韵子由題斗野亭

滿市花風起，平堤漕水流。不堪春解手，更爲晚停舟。古埭天連雁，荒祠木蔽牛。杖藜聊復爾，轉盼夕烟浮。

輦下春晴

樓闕過朝雨，參差動霽光。衣冠紛禁路，雲氣繞宫墻。亂絮迷春闊，蔫花困日長。經旬辜酒伴，猶未獻《長楊》。

次韵米元章齋居即事

庭木雙株茂，盆池一掬慳。支頤魚出樂，入眦鳥知還。老境行將及，仙書讀未閑。因君歌鳳過，通夕夢歸山。

擬郡學試東風解凍

寶曆新開歲，春回斗柄東〔一〕。漪生天際水，凍解日邊風〔二〕。浩蕩依蘋起，侵尋〔三〕帶雪融。江河霜練〔四〕静，池沼玉奩空。魚藻雍容裹，雲霄俯仰中。更無舟楫礙，從此百川通。

選注：

〔一〕斗柄東：北斗星的柄指向東方。指節氣已到立春。《鶡冠子·環流》：『斗柄東指，天下皆春。』

〔二〕日邊風：謂東風。《禮記·月令》：『孟春之月，東風解凍。』

〔三〕侵尋：漸進，浸潤。

〔四〕霜練：喻江河之水。

彙評：

明·胡應麟《詩藪》外編卷五：秦少游『江河霜練静，池沼玉奩空』，……皆陳末唐初遺響也。

題湯泉 二首選一

温井霜寒碧甃澄，飛塵不動玉奩清。老翁仙去羸驂〔一〕共，太子東歸廢沼平。據石聊爲寶陀觀〔二〕，决渠還落堰溪聲。浣腸〔三〕灌頂雖殊事，一洗勞生病惱輕〔四〕。

選注：

〔一〕羸驂：疲憊之馬。

〔二〕寶陀觀：謂印度南海岸觀音之住所，即寶陀岩。

〔三〕浣腸：滌腸。比喻洗滌俗念。

〔四〕一洗句：謂湯泉能解除疾病之苦。

流觴亭并次韵二首　選一

卧龍西畔北池頭，水壁華堂瑟瑟流。幾曲漪漣盤翠帶，一峰孤秀浴蒼虬。香囊近午清無汗，素扇生凉爽入秋。待唤畫師來貌取，圖成便是竹溪游。

游龍門山次程公韵

路轉横塘入亂峰，遍尋瀟洒興無窮。樓臺特起喧卑外，村落隨生指點中。溪傍五雲清逗玉，松分八面翠成宫。歸途父老欣相語：今日程公昔謝公。

睡足軒二首　選一

數椽空屋枕清流，一榻蕭然散百憂。終日掩關塵境謝，有時開卷古人游。鳴鳩去後滄浪晚，飛雨來初菡萏秋。此處便令君睡足，何須雲夢澤南州？

次韻子由題平山堂

棟宇高開古寺間，盡收佳處入雕欄。山浮海上青螺遠〔一〕，天轉江南碧玉寬。雨檻幽花滋淺泪，風卮清酒漲微瀾。游人若論登臨美，須作淮東〔二〕第一觀。

選注：

〔一〕山浮句：謂京口江心之金山，風濤起時，勢欲飛動，古又稱浮玉山。青螺，喻山峰。

〔二〕淮東：淮南東路，宋行政區名，治所在揚州。

游鑒湖

畫舫珠簾出繚墻，天風吹到芰荷鄉。水光入座杯盤瑩，花氣侵人笑語香。翡翠側身窺渌酒，蜻蜓偷眼避紅妝。葡萄力緩單衣怯，始信湖中五月凉。

彙評：

宋·魏慶之《詩人玉屑》卷十八引《雪浪齋日記》：少游詩甚麗，如『翡翠側身窺綠醑，蜻蜓偷眼避紅妝』，又『海棠花發麝香眠』，又『青蟲相對吐秋絲』之句是也。

明·瞿佑《歸田詩話》卷中：『閉門覓句陳無己，對客揮毫秦少游』，山谷詩，喻二人才思遲速之异也。後山詩如『壞墻得雨蝸成字，古屋無人燕作家』，寥落之狀可想。淮海詩如『翡翠側身窺綠酒，蜻蜓偷眼避紅妝』，艷冶之情可見。

謁禹廟

陰陰古殿注修廊，海伯川靈儼在傍。一代衣冠埋石窆，千年風雨鎖梅梁〔一〕。碧雲暮合稽山暗，紅芰秋開鑒水香。令我免魚繇帝力，恨無歌舞奠椒漿〔二〕。

選注：

〔一〕梅梁：傳爲禹廟之梁棟。

〔二〕椒漿：用椒浸製之香酒，古代多以之祭神。

中秋口號

雲山檐楯接低空，公宴初開氣鬱葱。照海旌幢秋色裏，激天鼓吹月明中。香槽旋滴珠千顆，歌扇驚圍玉一叢。二十四橋人望處，台星正在廣寒宮。

彙評：

宋·胡仔《苕溪漁隱叢話·前集》卷二六引《王直方詩話》：呂申公在揚州日，因中秋，令秦少游預作口號，少游有『照海旌幢秋色裏，激天鼓吹月明中』之句。然是夜却微陰，公云：『使不着也。』少游乃别作一篇，其末云：『自是我公多惠愛，却回秋色作春陰。』真所謂翻手作雲也。

《詩藪》外編卷五：秦觀『照海旌幢秋色裏，激天鼓吹月明中』，張耒『幽花避日房房斂，翠樹含風葉葉凉』，……皆七言近唐句者，此外不多得也。

西城宴集　二首選一

元祐七年三月上巳，詔賜館閣官花酒，以中澣日游金明池、瓊林苑，又會于國夫人園。會者二十有六人。

春溜泱泱初滿池，晨光欲轉萬年枝。樓臺四望烟雲合，簾幕千家錦繡垂。風過忽聞花外笑，日長時奏水中嬉。太平誰謂全無象，寓在群仙把酒時。

彙評：

湯衡《張紫薇雅詞序》：昔東坡見少游《上巳游金明池》詩有『簾幕千家錦繡垂』之句，曰：『學士又入《小石調》矣！』

段斐君本《淮海集》徐渭眉批：唐人應制詩無此清楚。

次韻裴仲謨和何先輩 二首選一

汝南古郡寡參尋，兀兀[一]長如鶴在陰。支枕星河横醉後，入簾風絮報春深。青山未落詩人手，白髮誰知國士[二]心。多謝名郎傳緑綺，愧無佳句比南金〔三〕。

選注：

〔一〕兀兀：昏昏沉沉。

〔二〕國士：國之英才。此作者自許。黄庭堅詩有『東南淮海惟揚州，國士無雙秦少游』句。

〔三〕南金：南方出産之金。南，謂荆揚之地。

彙評：

清·賀裳《載酒園詩話》：昔人評少游詩『如時女步春，終傷婉弱』。如『支枕星河横醉後，入簾風絮報春深』，真好姿態！至『屠龍肯自羞無用，畫虎從人笑未成』，亦自骯髒也。

燕觴亭

碧流如鏡羽觴飛，夏木陰陰五月時。清渭〔一〕日長游女困，武陵春去落花遲。玉笙吹罷觥籌錯〔二〕，蜜炬燒殘簪珥遺。吳越風流公第一，未輸山簡習家池〔三〕。

選注：

〔一〕清渭：即渭水，此喻亭下曲水。

〔二〕觥籌錯：即觥籌交錯。

〔三〕山簡習家池：山簡，山濤子；習家池，漢習郁所造之池，即高陽池，在襄陽。山簡常游此池，往往大醉而歸。

會蓬萊閣

冠裳蓋座〔一〕灑清風，軒外時聞韵籊龍〔二〕。人面春生紅玉液，銀盤烟覆紫駝峰。天涵秋色山山共，樹攬鄉思葉葉重。便欲買船江北去，爲懷明德更從容。

選注：

〔一〕冠裳蓋座：猶冠蓋，古謂上層人物。

〔二〕籊龍：竹笋的异名。籊（音唾）：竹笋皮，笋殼。

彙評：

宋·阮閱《詩話總龜》前集卷七：舒王有詩云：『籊龍將雨遶山行。』而周次元《游天竺觀詩》亦云：『竹龍驅水轉山鳴。』余以爲當與少游同科。

九月八日夜大風雨寄王定國

長年身外事都捐，節物驚心〔一〕一悵然。正是山川秋入夢，可堪風雨夜連天！桐梢摵摵〔二〕增凄斷，燈燼飛飛落小圓。湔洗此情須痛飲，明朝試就酒中仙。

選注：

〔一〕節物驚心：謂重陽前夕風雨添人愁緒。

〔二〕摵摵：形容落葉聲或風聲。

彙評：

元·方回《瀛奎律髓》卷十二：少游詩文自謂秤停輕重，銖兩不差。故其古詩多學三謝，而流麗之中有澹泊。律詩亦敲點勻淨，無偏枯突兀生澀之態。然以其善作詞也，多有句近乎詞。此詩下『凄斷』『小圓』字，亦三謝餘味。

泗州東城晚望

渺渺孤城白水環，舳艫人語夕霏間。林梢一抹青如畫，應是淮流轉處山。

圓通院白衣閣 三首選一

一根反本六根同，古佛傳家有此風。滿目紅蕖參翠蓋，不唯門裏獲圓通。

春日　五首選二

其一

幅巾投曉入西園〔一〕，春動林塘物物鮮。却憩小庭纔日出，海棠花發麝香眠。

選注：

〔一〕西園：即金明池，在汴京西順天門外。

彙評：

《詩人玉屑》卷十八引《雪浪齋日記》：少游詩甚麗，如『翡翠側身窺緑醑，蜻蜓偷眼避紅妝』，又『海棠花發麝香眠』……之句是也。

《苕溪漁隱叢話・後集》卷三十三：《春日》云：『却憩小庭纔日出，海棠花發麝香眠。』語固佳矣，第恐無此理。

其二

一夕輕雷落萬絲，霽光浮瓦碧差差。有情芍藥含春泪，無力薔薇卧曉枝。

彙評：

《歸田詩話》卷上：元遺山《論詩三十首》，内一首云：『有情芍藥含春泪，無力薔薇卧晚枝。拈出退之《山石》句，始知渠是女郎詩。』初不曉所謂，後見《詩文自警》一編，亦遺山所著，謂：『有情芍藥含春泪，無力薔薇卧晚枝』，此秦少游《春雨》詩也。非不工巧，然以退之《山石》句觀之，渠乃女郎詩也。

清·袁枚《隨園詩話》卷五：元遺山譏秦少游云（詩略），此論大謬。芍藥、薔薇，原近女郎，不近山石，二者不可相提而并論。詩題各有境界，各有宜稱。

《宋詩精華録》卷二：遺山譏『有情』二語爲女郎詩。詩者，勞人思婦公共之言，豈能有《雅》《頌》而無《國風》，絶不許女郎作詩耶！

秋日三首

其一

霜落邗溝積水清，寒星無數傍船明。菰蒲深處疑無地，忽有人家笑語聲。

彙評：

《苕溪漁隱叢話·前集》卷五十六引《高齋詩話》：東坡長短句云：『村南村北響繅車。』參寥詩云：『隔林彷彿聞機杼，知有人家在翠微。』秦少游云：『菰蒲深處疑無地，忽有人家笑語聲。』三詩大同小异，皆奇句也。

清·翁方綱《石洲詩話》卷三：王半山『青山繚繞疑無路，忽見千帆隱映來』，秦少游『菰蒲深處疑無地，忽有人家笑語聲』所祖也。陸放翁『山重水複疑無路，柳暗花明又一村』，乃又變作對句耳。

其二

月團〔一〕新碾瀹花瓷，飲罷呼兒課《楚詞》。風定小軒無落葉，青蟲相對吐秋絲。

選注：

〔一〕月團：茶餅名。

彙評：

《苕溪漁隱叢話·前集》卷五十引《王直方詩話》云：少游嘗以真字題『月團新

碾瀹花瓷，飲罷呼兒課《楚詞》。風定小軒無落葉，青蟲相對吐秋絲』一絶于邢敦夫扇上。山谷見之，乃于扇背復作小草題『黄葉委庭觀九州，小蟲催女獻功裘。金錢滿地無人費，百斛明珠薏苡秋』一絶，皆自所作詩也。少游後見之，復云：『逼我太甚。』

其三

連捲雌蜺挂西樓，逐雨追晴意未休。安得萬妝相向舞，酒酣聊把作纏頭。

彙評：

《瀛奎律髓》卷十二：（少游）别有《秋日》絶句三首，尾句云：『菰蒲深處疑無地，忽有人家笑語聲』；『風定小軒無落葉，青蟲相對吐秋絲』，『安得萬妝相向舞，酒酣聊把作纏頭』，此謂虹霓。皆極怪麗。

還自廣陵　四首選三

其二

南北悠悠三十年，謝公遺埭故依然。欲論舊事無人共，卧聽鐘魚古寺邊。

其三

邗溝繚繞上雲空，坐阻層冰不得通。賴有東風可人意，爲開明鏡玉奩中。

其四

天寒水鳥自相依，十百爲群戲落暉。過盡行人都不起，忽聞冰響一齊飛。

元日立春三絕

其一

此度春非草草回，美人休着剪刀催。直須殘臘十分盡，始共新年一并來。

其二

發春獻歲偶然同，新曆觀天最有功。頭上兩般幡勝影，一時飛入酒杯中。

其三

攝提東直斗杓寒，驟覺中原氣象寬。天爲兩宫同號令，不教春歲各開端。

次韵蔡子駿瓊花

無雙亭上傳觴處，最惜人歸月上時。相見异鄉心欲絶，可憐花與月應知。

三月晦日偶題

節物相催各自新，痴心兒女挽留春。芳菲歇去何須恨，夏木陰陰正可人。

題郴陽道中一古寺壁二絶　選一

門掩荒寒僧未歸，蕭蕭庭菊兩三枝。行人到此無腸斷〔一〕，問爾黃花知不知。

選注：

〔一〕無腸斷：形容極端痛苦；并切合時令，雙關螃蟹。我國素有持螯賞菊風習。

題趙團練江干晚景四絶　選二

其二

鳥外雲峰晚，沙頭草樹晴。想初揮灑就，侍女一齊驚。

其四

曉浦烟籠樹，春江水拍空。煩君添小艇，畫我作漁翁。

彙評：

《苕溪漁隱叢話·後集》卷十三《醉吟先生》：秦少游題扇頭小詩云：『絶島烟生樹，秋江浪拍空。憑君添小艇，畫我作漁翁。』余嘗用此寫真，則玄真子家風也。

寧浦書事六首　選二

其一

揮汗讀書不已，人皆怪我何求。我豈更求榮達，日長聊以銷憂。

其三

南土四時盡熱，愁人日夜俱長。安得此身作石？一齊忘了家鄉。

彙評：

宋·釋惠洪《冷齋夜話》卷三：少游謫雷淒愴，有詩曰：『南土四時都熱，愁人日夜俱長。安得此身如石，一時忘了家鄉。』魯直謫宜，殊坦夷，作詩云：『老色日上面，歡情日去心。今既不如昔，後當不如今。』『輕紗一幅巾，短簟六尺床。無客白日靜，有風終夕涼。』少游鍾情，故其詩酸楚；魯直學道休歇，故其詩閑暇。

荷花

方塘收雨脚，落日半遥岑。芙蕖净娟娟，麗服撫翠衾。無言意自遠，欲渡秋水深。緬懷平生人，對此詎可尋？弄芳惜畹晚，酒至誰與斟？天涯有歸雲，聊寄相思心。心開獲清賞，芙蕖一何綺！美人艷新妝，斂袂照秋水。端如蕩子妻，顧自良家子。黄金選燕趙，揺落對江沚。薄暮風雨來，獨立泪如洗。望君君詎知，傾宫定誰似？

彙評：

段斐君本徐渭眉批：意致淡遠。

次韵公闢州宅月夜偶成 二首選一

繚繞千重雨後凉，月含秋色上東方。風催絡緯〔二〕歸金井，月轉檀欒〔三〕蔭畫堂。游目騁懷佳興發，感時撫事壯心傷。歸來枕簟清無夢，卧看明星到未央。

選注：

〔一〕絡緯：昆蟲名，即紡織娘。

〔二〕檀欒：竹之雅稱。

秋興九首　選三

擬韋應物

坐投林下石，秋聲出疏林。林間鳥驚栖，豈獨傷客心。物亦有代謝，此理共古今。鄰父縮新醅，林下邀同斟。痴兒踏吴歌，婭姹足訛音。日落相携手，凉風快虚襟。

擬杜子美

紫領寬袍漉酒巾，江頭蕭散作閑人。悲風有意催林葉，落日無情下水濱。車馬憧憧諸道路，市朝衮衮共埃塵。覓錢稚子啼紅頰，不信山翁篋笥貧。

擬杜牧之

鼓鼙夜戰北窗風，霜葉鋪階叠亂紅。一段新愁驚枕上，幾聲悲雁落雲中。眼前時節看馳馬，日下生涯寄斷蓬。弟妹别來勞夢寐，杳無消息過江東。

金山晚眺

西津江口月初弦，水氣昏昏上接天。清渚白沙茫不辨，祇應燈火是漁船。

春詞絕句 五首選一

弱雲亭午弄春嬌，高柳無風妥翠條。懶讀夜書搔短髮，隔垣時聽賣餳簫。

秋詞二首

其一

雲惹低空不更飛，班班紅葉欲辭枝。秋光未老仍微暖，恰似梅花結子時。

其二

無數青莎繞玉階，夕陽紅淺過墻來。西風莫道無情思，未放芙蓉取次開。

附録

宋史本傳

秦觀，字少游，一字太虚，揚州高郵人。少豪雋，慷慨溢于文詞。舉進士，不中。强志盛氣，好大而見奇。讀兵家書，與己意合。見蘇軾于徐，爲賦黄樓。軾以爲有屈、宋才，又介其詩于王安石。安石亦謂清新似鮑、謝。軾勉以應舉爲親養。始登第，調定海主簿、蔡州教授。元祐初，軾以賢良方正薦于朝，除太學博士，校正秘書省書籍。遷正字，而復爲兼國史院編修官，上日有硯墨器幣之賜。

紹聖初，坐黨籍，出通判杭州。以御史劉拯論其增損《實録》，貶監處州酒稅。使者承風望指，候伺過失，既而無所得，則以謁告寫佛書爲罪，削秩徙郴州，繼編管横州，又徙雷州。

徽宗立，復宣德郎，放還。至藤州，出游華光亭，爲客道夢中長短句，索水欲飲，水至，笑視之而卒。先自作《挽詞》，其語哀甚，讀者悲傷之。年五十三，有文集四十卷。

觀長于議論，文麗而思深。及死，軾聞之嘆曰：『少游不幸死道路，哀哉！世豈復有斯人乎！』

弟覿，字少章；覯，字少儀，皆能文。

四庫全書總目淮海詞提要

《淮海詞》一卷，宋秦觀撰。觀有《淮海集》，已著録。《書録解題》載《淮海詞》一卷，而傳本俱稱三卷。此本爲毛晉所刻，僅八十七調，裒爲一卷，乃雜采諸書而成，非其舊帙。其總目注『原本三卷』，特姑存舊數云爾。晉跋雖稱『訂譌搜逸』，而校讎尚多疏漏。如集内《長相思》『鐵甕城高』一闋，乃用賀鑄韵，尾句作『鴛鴦未老否』；《詞滙》所載，則作『鴛鴦未老綢繆』。考當時楊無咎亦有此調，與觀同賦，注云：『用方回韵。』其尾句乃『佳期永卜綢繆』。知《詞滙》爲是矣。又《河傳》一闋，尾句作『悶損人，天不管』。考黄庭堅亦有此調，尾句作『好殺人，天不管』，自注云：『因少游詞，戲以「好」字易「瘦」字。』是觀原詞當是『瘦殺人，天不管』，

『悶損』二字爲後人妄改也。至『喚起一聲人悄』一闋，乃在黄州咏海棠作，調名《醉鄉春》，詳見《冷齋夜話》。此本乃闕其題，但以三方空記之，亦爲失考。今并厘正，稍還其舊。觀詩格不及蘇黄，而詞則情韵兼勝，在蘇黄之上，流傳雖少，要爲倚聲家一作手。宋葉夢得《避暑録話》曰：『秦少游亦善爲樂府，語工而入律，知樂者謂之作家歌。』蔡絛《鐵圍山叢談》亦記觀婿『范温，常預貴人家會。貴人有侍兒，喜歌秦少游長短句，坐間略不顧温。酒酣歡洽，始問此郎何人。温遽起，叉手對曰：「某乃『山抹微雲』女婿也！」聞者絶倒』云云。夢得，蔡京客；絛，蔡京子。而所言如是，則觀詞爲當時所重可知矣。

《欽定四庫全書總目》卷一百九十八《集部詞曲類》一

總評

葉夢得《避暑録話》卷三：秦觀少游亦善爲樂府，語工而入律，知樂者謂之作家歌，元豐間盛行于淮楚。『寒鴉千萬點，流水繞孤村』，本隋煬帝詩也，少游取以爲《滿庭芳》詞，而首言『山抹微雲，天黏衰草』，尤爲當時所傳。蘇子瞻于四學士中最善少游，故他文未嘗不極口稱善，豈特樂府？然猶以氣格爲病，故常戲云：『山抹微雲秦學士，露花倒影柳屯田。』『露花倒影』，柳永《破陣子》語也。

胡仔《苕溪漁隱叢話·後集》卷三十三引李清照《詞論》：乃知（詞）別是一家，知之者少。後晏叔原、賀方回、秦少游、黄魯直出，始能知之。

又晏苦無鋪叙。賀苦少典重。秦即專主情致，而少故實，譬如貧家美女，雖極妍麗豐逸，而終乏富貴態；黄即尚故實，而多疵病，譬如良玉有瑕，而價自減半矣。

又《後集》卷三十三：苕溪漁隱曰：『無己稱：「今代詞手，惟秦七、黄九，唐諸人不迨也。」無咎稱：「魯直詞不是當（行）家語，自是著腔子唱好詩。」二公在當時，品題不同如此。自今觀之，魯直詞亦有佳者，第無多首耳。少游詞雖婉美，然格力失之弱。二公之言，殊過譽也。』

魏慶之《詩人玉屑》卷二十一：少游小詞奇麗，咏歌之，想見其神情在絳闕道山之間。

王灼《碧鷄漫志》卷二：張子野、秦少游，俊逸精妙。少游屢困京洛，故疏蕩之風不除。

樓鑰《黄太史書少游海康詩題跋》：祭酒芮公賦《鶯花亭》詩，其中一絶云：『人言多技亦多窮，隨意文章要底工？淮海秦郎天下士，一生懷抱百憂中。』嘗誦而悲之，醉卧古藤，誠可深惜。宜人者宜于人，竟亦不免，哀哉！

張炎《詞源》卷下：秦少游詞，體製淡雅，氣骨不衰，清麗中不斷意脉，咀嚼無滓，久而知味。

王象晋《秦張兩先生詩餘合璧序》：詩餘盛于趙宋，諸凡能文之士，靡不舐墨吮毫，争吐其胸中之奇，競相雄長。及淮海一鳴，即蘇黄且爲遜席。蓋詩有別才，從古志之。詩之一派，流爲詩餘，其情郅，其詞婉，使人誦之，浸淫漸漬，而不自覺。總之不離温厚和平之旨者近是，故曰：詩之餘也。此少游先生所獨擅也。

周濟《宋四家詞選目録序論》：少游最和婉醇正，稍遜清真者，辣耳。少游意在含蓄，如花初胎，故少重筆。然清真沉痛之極，仍能含蓄。

周濟《介存齋論詞雜著》：良卿曰：『少游詞，如花含苞，故不甚見其力量。其實後來作手，無不胚胎于此。』

又：晋卿曰：『少游正以平易近人，故用力者終不能到。』

陳廷焯《白雨齋詞話》卷一：秦少游自是作手，近開美成，導其先路；遠祖温、韋，取其神不襲其貌，詞至是乃一變焉。然變而不失其正，遂令議者不病其變，而轉覺有不得不變者。後人動稱秦、柳，柳之視秦，爲之奴隸而不足者，何可相提并論哉！

張宗橚《詞林紀事》卷六引樓敬思（儼）云：淮海風骨自高，如紅梅著花，能以韵勝，覺清真亦無此氣味也。

王國維《人間詞話》：馮夢華《宋六十一家詞選序例》謂：『淮海、

小山，古之傷心人也。其淡語皆有味，淺語皆有致。』余謂此唯淮海足以當之。小山矜貴有餘，但可方駕子野、方回，未足抗衡淮海也。